Arne Saß

Aisha
aus
Biskopsgården

Ein Schweden-Roman

AF191794

Impressum

Bibliografische Information der Deutschen Nationalbibliothek: Die Deutsche Nationalbibliothek verzeichnet diese Publikation in der Deutschen Nationalbibliografie; detaillierte bibliografische Daten sind im Internet über dnb.dnb.de abrufbar.

Erste Auflage März 2025
© Arne Saß
Covergestaltung: Patricia Hess
Lektorat: Vera Bartholdy, Marina Jenkner, Nicole Willenbacher
Verlag: BoD · Books on Demand GmbH,
Überseering 33, 22297 Hamburg, bod@bod.de
Druck: Libri Plureos GmbH, Friedensallee 273, 22763 Hamburg
ISBN: 978-3-8423-6668-8

MIX
Papier aus verantwortungsvollen Quellen
Paper from responsible sources
FSC® C105338
FSC
www.fsc.org

Von 2021 – 2024 habe ich im Göteborger Stadtteil Biskopsgården an der Ryaskola Deutsch und Französisch unterrichtet.

In diesen drei Jahren habe ich mit wunderbaren Schülerinnen und Schülern zusammenarbeiten dürfen.

Zum Beispiel mit Adonias, Aisha, Anabela, Awa, Aya, Daniel, Ecrin, Elda, Ema, Halil, Hamzey, Hassan, Isabel, Kawsar, Kuzey, Leontin, Linn, Melek, Miranda, Mobina, Nastaran, Nurshan, Stefan, Vedad und Yousuf.

Ihnen soll dieser Roman gewidmet sein.

Vilken val har jag att välja? Det finns inga här …
Welche Wahl habe ich? Hier gibt es keine …
Jaffar Byn: *Smutsiga gator* (*Dreckige Straßen*)

NEPO war mit seinen Eltern bei einem Edelitaliener, und sein Vater bestellte eine Flasche Champagner mit drei Gläsern. Nachdem der Kellner eingeschenkt hatte, hoben seine Eltern ihre Gläser und strahlten Nepo an.

„Worauf stoßen wir eigentlich genau an?", fragte er, weil Silvester drei und sein sechzehnter Geburtstag sogar vier Monate zurücklagen.

„Darauf, dass wir im Sommer ein neues Leben beginnen", sagte sein Vater, und seine Mutter fügte hinzu:

„In Göteborg, in Schweden. Wir fangen bei Volvo an. Wir wollten uns noch mal verändern. Und vielleicht ist das ja unsere letzte Chance."

Sie strahlten ihn noch immer an. Nepo wiederum strahlte nicht. Denn das … das konnte nicht ihr Ernst sein! Oder hatten sie vielleicht sogar den Verstand verloren? Nein … so wie sie ihn anschauten, schienen sie es sogar *tod*ernst zu meinen. Anstatt etwas zu sagen, trank Nepo sein Glas in einem Zug aus. Anschließend hatte er den Eindruck zu spüren, wie sich ein nicht unangenehmes Kribbeln in seinem Körper ausbreitete.

„Nepo … was sagst du denn dazu? Ist doch toll …", begann sein Vater, doch Nepo unterbrach ihn.

„Was ich dazu sage?", wollte er von seinen Eltern wissen.

„Ja … ich meine … uns interessiert doch, was …", begann seine Mutter, doch Nepo unterbrach auch sie.

„Also ich denke, euch interessiert einen Scheißdreck, was ich dazu zu sagen habe, denn wenn es euch interessiert hätte, dann hättet ihr mich ja nun *vorher* fragen können. Und nicht *nachher*. Habt ihr euch wenigstens eine Sekunde lang gefragt, ob auch ich mich nach Veränderung gesehnt habe?"

Sein Vater seufzte. Dann sagte er:

„Nein, haben wir nicht. Sorry. Wir mussten das alles schnell entscheiden. Aber glaub mir: Das wird ein Abenteuer werden, das du nie vergisst."

Blablabla.

Wahrscheinlich hatten seine Eltern ihn nicht gefragt, weil sie geahnt hatten, wie seine Antwort gelautet hätte. Und sie hätten recht gehabt. Es wäre ein klares „Nein" gewesen.

Denn erstens war er seit neun Monaten mit Leonie zusammen, und die lebte nicht in Göteborg, sondern wie er in Stuttgart und ging in seinen Jahrgang. Und er wollte unbedingt mit ihr zusammenbleiben, und zwar nicht nur weitere neun Monate, sondern bestenfalls noch einige Jahre. Ob sie auch mit ihm zusammenbleiben wollte, wenn er einfach in ein anderes Land zog und sie das Gefühl hatte, er würde sie sitzen lassen, das wusste er allerdings nicht.

Zweitens hatte er wenige Jahre zuvor begonnen zu bouldern, und mit seinen beiden besten Freunden hatte er einen Großteil seiner Zeit in einer Kletterhalle verbracht. Sie waren so gut geworden, dass auch die Freaks ihnen respektvoll zugenickt hatten, wenn sich einer von ihnen an einem der steinförmigen Griffe nur mit drei Fingern festgehalten und hochgezogen hatte. Beim besten Willen konnte er sich nicht vorstellen, eine so geile Kletterhalle und so coole Freunde in Göteborg zu finden.

Drittens gefiel es ihm an seiner *deutschen* Schule. Hart zuzugeben, aber war so. Er galt als ultimatives Sprachgenie und hatte am Ende der zehnten Klasse in Deutsch,

Englisch, Französisch und Latein jeweils eine 1 gehabt. Seine Noten in Mathe (4), Chemie (4) und Physik (5) standen dazu allerdings im krassen Gegensatz. Wichtiger als die Noten war aber, dass er weder mit Lehrern noch mit Mitschülern nennenswerte Probleme hatte. Gern hätte er an dieser Schule sein Abitur gemacht, vermutlich mit einem Schnitt von ungefähr 2,3, und gemeinsam mit seinen Freunden gefeiert. Und nicht in Göteborg mit irgendwelchen Leuten, die er erst noch kennenlernen musste.

Und viertens: Er hatte keinen Bock auf irgendeinen Scheiß-Großumzug. In ihrem Haus hatte er ein riesiges Zimmer, und im Garten konnte er den ganzen Sommer lang in ihrem Swimmingpool schwimmen. Wie sollte man das toppen?

„Vielleicht wird das ja gar nicht so schlimm, wie du denkst", sagte seine Mutter.

Anstatt darauf zu reagieren, versuchte Nepo zu begreifen, was eigentlich genau geschehen war. Seine Eltern arbeiteten bei Daimler – sein Vater als Ingenieur, seine Mutter als Anwältin. Und dann hatten sie plötzlich ein Angebot von Volvo bekommen? Hatte da jemand seinen Vater oder seine Mutter angerufen und gesagt:

„Hallo, wollen Sie nicht lieber bei Volvo arbeiten? Jeder Deutsche träumt ja von Schweden, und für Ihre Frau beziehungsweise Ihren Mann haben wir auch was."

Nepo hätte seine Eltern natürlich einfach fragen können, aber dazu hatte er keine Lust. Er hatte gerade zu überhaupt nichts Lust, weshalb er sich ein weiteres Glas Champagner einschenkte und es erneut hinunterstürzte.

„Ein Glas reicht", sagte seine Mutter.

„Nee, heute sind zwei oder sogar drei Gläser genau richtig. Erinnerst du dich noch, wie es mit deinem Namen war? Vielleicht wird es mit Göteborg ja genauso", sagte sein Vater.

Nepo lächelte zum ersten Mal an jenem Abend. Denn dass er seinen Namen nicht immer gemocht hatte, das stimmte. In der Grundschule war ihm „Nepomuk" sogar richtig peinlich gewesen. Aber dann, als ihn eh alle nur noch Nepo genannt hatten, hatte er es plötzlich ziemlich cool gefunden, dass wirklich niemand anderes so hieß. Aber dieser Vergleich hinkte dann doch, fand er. Das eine war ein Name. Das andere war ein neues Leben, auf das er sich mit gerade mal sechzehn plötzlich einlassen sollte. Sich an einen Namen zu gewöhnen war wahrscheinlich einfacher als an ein neues Land, eine neue Sprache und eine neue Schule. Nun war Schweden nicht gerade Sierra Leone, Senegal oder Somalia, aber Schweden war eben definitiv nicht Deutschland und Göteborg nicht Stuttgart.

Die Sache schien aber entschieden zu sein. Er würde also nach Göteborg ziehen müssen. Und ja, ganz vielleicht würde es ja auch alles spannend, aufregend und sogar ein bisschen abenteuerlich werden. Wieder dachte er daran, wie wohl er sich auf seinem Gymnasium fühlte.

„Gibt es denn in Göteborg wenigstens eine deutsche Schule?", fragte er.

Seine Eltern warfen sich einen Blick zu und sahen erleichtert aus. So, als hätten sie sich das Gespräch schwieriger vorgestellt.

„Nein, aber eine internationale Schule, auf der alles auf Englisch unterrichtet wird und die mitten im Zentrum liegt", sagte seine Mutter.

Nepo nickte. „Alles auf Englisch" klang nicht gerade bedrohlich, und den Kontakt zu seinen Freunden würde er bestimmt nicht verlieren. Aber würde Leonie bei ihm bleiben, wenn er nicht mehr in Stuttgart, sondern tausend Kilometer entfernt wohnen würde?

15 Monate später

LIEBER Nepo, es tut mir leid,
aber so eine Beziehung, du in
Göteborg, ich in Stuttgart, das
kann ich nicht mehr. Wir können
ja Freunde bleiben.

Nepo lag auf seinem Bett und las die Nachricht sechsundzwanzigmal. Dann schaute er an die Decke, und das tat er ziemlich lange. Es war nicht so, dass Nepo nicht damit gerechnet hatte. Eine Freundin in Süddeutschland zu haben, selbst aber in Göteborg zu leben, war zu keinem Zeitpunkt besonders easy gewesen. Nach Stuttgart gab es nicht mal einen Direktflug, wie er kurz nach dem Umzug mit Entsetzen festgestellt hatte. Und mit dem Zug brauchte man den ganzen Tag, ziemlich genau sechzehn Stunden. Die Wahrheit war: Sie hatten sich im zurückliegenden Jahr kaum gesehen, was oft anstrengend gewesen war. Vielleicht war eine Distanzbeziehung ja nach drei Jahren Ehe cool. Wenn man anfing, sich auf die Nerven zu gehen. Aber nach einem Jahr, wenn man noch zur Schule ging? Eindeutig nicht cool. Nee, wenn sie nicht Schluss gemacht hätte, hätte er es vielleicht selbst irgendwann getan.

Ist okay, schrieb er an seine zweite Freundin, die die Erste war, mit der er so richtig Sex gehabt hatte. Die Vorstellung, dass sie jetzt mit einem anderen Sex haben könnte, fand er wiederum absolut nicht okay. Sondern zum Kotzen. Und zwar im wahrsten Sinne des Wortes. Einige Sekunden lang war ihm richtig übel.

Seinen Eltern, die natürlich eindeutig schuld daran waren, dass ihre Beziehung in die Brüche gegangen war, war er erstaunlicherweise nicht mal böse. Denn die Wahrheit war: Er lebte gern in Göteborg, was vor allem an der Schule lag, die ihm vom ersten Augenblick an gefallen hatte. Seine Mitschüler, die aus Indien, den USA und Westeuropa kamen und deren Eltern fast ausnahmslos beim Autogiganten Volvo beziehungsweise beim Pharmariesen AstraZeneca arbeiteten, waren allesamt mindestens erträglich, obwohl man viel zu vielen ansah, dass ihre Eltern im Management arbeiteten.

Hinzu kam: Das Haus, das sich seine Eltern auf Saltholmen, einer landzungenartigen felsigen Halbinsel, gekauft hatten, war noch geiler als ihr Haus in Stuttgart. Mit spektakulärer Dachterrasse mit Platz für Liegestühle, einer Hollywoodschaukel, einem Zehn-Meter-Becken und mit Blick auf einen Yachthafen und die Fähren, die die Schären, also die vorgelagerten Inseln, anfuhren. Mit der Tram brauchte Nepo zwar eine halbe Stunde zur Schule, aber das ging noch, fand er. Und zur etwas abseits gelegenen Boulderhalle musste er sich einen Elektroroller nehmen, was ihn nicht störte. Das Gegenteil war der Fall: Er liebte es so sehr, mit dem Roller zu fahren, dass er sein Fahrrad im zurückliegenden Jahr kaum benutzt hatte. Außerdem fühlte er sich so wie ein echter Göteborger, denn in Göteborg war es normal, mit einem solchen Roller unterwegs zu sein. Es war alles fast schon perfekt gewesen, ungefähr tausendmal besser als erwartet. Aber nun hatte Leonie mit ihm Schluss gemacht.

Um sich abzureagieren, rief er Louis an und fragte, ob er Lust habe zu bouldern. Hatte er. Auch Ken hatte Bock. Das waren seine besten Freunde, die wie seine beiden besten Stuttgarter Freunde, zu denen Nepo kaum noch

Kontakt hatte, gern boulderten. Louis – klein, aber stämmig, Ed-Sheeran-Frisur, Kleidungsstil eher sportlich – kam aus San Francisco. Er hatte einen YouTube-Kanal, auf dem er postete, wie er boulderte. Und er spielte gern Schach und gewann gegen Nepo immer, was am Anfang frustrierend war. Ken – 195 cm groß, sehr drahtig, Kurzhaarfrisur mit zurückgegeltem Haar, Armani-Sonnenbrille und sowieso nur Markenklamotten – kam aus London. Kein YouTube-Kanal, aber sehr aktiv auf Instagram, wo er Sonnenbrillen-Selfies mit unterschiedlichen T-Shirts postete.

Ihre größte Gemeinsamkeit: definitiv bouldern! Darüber hinaus waren alle drei Star-Wars-Fans. An einem Wochenende, an dem Ken mal nicht auf einer Party gewesen war, hatten sie die neun Star-Wars-Filme und die Spin-Offs *Rogue One* und *Solo* am Stück gesehen, was mit Pinkelpausen fast 24 Stunden gedauert hatte.

Louis' Eltern arbeiteten bei Volvo, sein Vater im selben Bereich wie Nepos Vater. Kens bei AstraZeneca. Louis wohnte noch viel weiter draußen als Nepo und ebenfalls direkt am Meer, während Ken von seinem Zimmer zwar keinen Blick aufs Meer hatte, aber auf einen See, dem zur Nachbargemeinde Mölndal gehörenden Rådasjön.

Louis war sein Kumpel, mit dem er über alles quatschen konnte. Ken wiederum stand auf dem Schulhof manchmal mit ihnen, oft aber auch mit anderen herum. Mit Jungs und Mädchen, die Nepo eine Nummer zu schick waren. Mit denen ging Ken oft auf Partys oder in irgendwelche Clubs mit gefälschtem Pass, auf dem er achtzehn war, und tanzte und trank bis fünf Uhr morgens. Davon erzählte er mit viel Liebe zum Detail jeden Montagmorgen. War lustig anzuhören, aber wie stolz er darauf war, wenn er nach so und so vielen Cocktails gekotzt hatte, konnte manchmal auch anstrengend sein. Noch stolzer war er darauf, dass er hin und wieder Partypillen schluckte, und ja, auch das war manchmal anstrengend.

Als sich Nepo, Ken und Louis trafen, klatschten sie sich ab, sprachen über Schule, ließen sich von Louis' Freundin Ajala bewundern, die aus Indien kam, wie eine Inderin aussah, einen halben Kopf größer war als Louis und deren Eltern Programmierer waren und bei Volvo arbeiteten. Nachdem sie einige Touren geklettert waren und das obligatorische Video gedreht hatten, fuhr Ken nach Hause, und Louis wollte mit Ajala bei MAX – der schwedischen McDonalds-Variante – essen, während Nepo noch blieb und sich mit einem Schweden auf Schwedisch über eine Boulderstrecke zu unterhalten begann.

„Kommst du aus Norwegen?", fragte der Schwede irgendwann.

„Nein, aus Deutschland."

„Aus Deutschland?"¨

„Ja, aus Deutschland."

„Krass, wie lange lebst du denn schon hier?"

„Seit einem Jahr."

„Seit einem Jahr?"

„Ja, seit einem Jahr."

„Aber du bist zweisprachig aufgewachsen? Du hast bestimmt eine schwedische Mutter oder einen schwedischen Vater?"

„Nein. Habe mit Duolingo angefangen, dann Serien geschaut, Radio gehört und irgendwann viel gelesen."

„Wow", sagte der Junge.

Es war nicht das erste Mal, dass jemand mit einem „Wow" auf sein Schwedisch reagierte. Warum er auf

Anhieb so perverse Wörter wie „sjuksköteska" hatte aussprechen können, wusste er selbst nicht. Warum er einfachste Rechnungen in Mathe nicht hinbekam, wusste er allerdings ebenso wenig.

Auf dem Roller und in der Tram hörte er Beatles. Er gehörte zu den Jungs, die es weder mit Rap noch mit Pop hatten, sondern er stand auf diesen alten Kram, für den sein Vater und sogar seine Großeltern schwärmten: Beatles, Rolling Stones, David Bowie, Pink Floyd, aber auch Heavy Metal – darauf standen seine Großeltern eher nicht so. Bei Metallica war er sogar auf dem Konzert in Göteborg gewesen, weil Volvo ein Kontingent an Karten erworben und an ausgewählte Mitarbeiter verschenkt hatte.

Zu Hause spielte Nepo *League of Legends* und verlor zwei Partien Schach gegen Louis, dann schaute er eine Folge *Peaky Blinders*.

„Nepo?", rief seine Mutter.

Vielleicht war auch das einer der Gründe, weshalb es wirklich okay gewesen war, dass sie nach Schweden gezogen waren. Hier wurde seine Privatsphäre respektiert. Das letzte Mal, dass sie nach einmaligem Klopfen direkt sein Zimmer betreten hatte, war in Stuttgart gewesen. Vielleicht hatte sie damit aber auch aufgehört, weil er damals im Bett gelegen hatte, und zwar nicht allein.

„Ja?", rief er zurück.

„Wir sind auf der Dachterrasse, kommst du auch? Gleich geht die Sonne unter."

„Okay", sagte er, obwohl er nicht wusste, ob er Lust hatte, sich mit seinen Eltern zu unterhalten.

Aber die Sonne hinter den Schären untergehen zu sehen, das war einfach nur magisch. Wenige Minuten später saß auch er auf der Dachterrasse: seine Eltern auf Liegestühlen, sein Vater im Bademantel – offensichtlich war er zuvor ein paar Bahnen geschwommen –, Nepo in der Hollywoodschaukel.

„Wo waren eigentlich deine Freunde in den Ferien?", fragte seine Mutter.

„Louis: Tour mit dem VW-Bus bis ans Nordkap. Ken: Ägypten."

„Dann war er bestimmt auch bei den Pyramiden", sagte sein Vater.

„Nee, die waren da in so einem Badeort. Wisst ihr das nicht eigentlich selbst?"

„Ja … jetzt wo du es sagst. Wahrscheinlich wollte ich eigentlich nur wissen, ob ihr euch über eure Ferien unterhalten habt."

„Ja."

„Hast du auch von deinen Ferien erzählt?", fragte seine Mutter.

„Ja."

Sie waren zwei Wochen in Kalifornien gewesen. Vor allem die Strände in Los Angeles hatten Nepo gefallen. Aber mit seinen Eltern zu verreisen … das würde er in Zukunft eher nicht mehr machen. Irgendwie hätte er mehr Bock auf einen Surfkurs in L.A. als auf Whalewatching in Seattle gehabt. Und zwei Wochen waren eh viel zu kurz gewesen, zumal sie mit dem geliehenen Geländewagen in dieser Zeit fast zweitausend Kilometer hatten zurücklegen müssen.

„Neuigkeiten von Leonie?", fragte sein Vater.

Puh, sie wollten sich unbedingt unterhalten. Wäre er bloß nicht hochgekommen. Aber er musste seinen Eltern zugestehen, dass sie nicht die Eltern waren, die vollkommen geschlaucht von der Arbeit kamen und sich nicht fürs eigene Kind interessierten. Sie hatten sich abends und an Wochenenden immer, oft auch lange, mit ihm unterhalten, und nie den Namen irgendeines Klassenkameraden vergessen, wenn er im Gespräch gefallen war.

„Ja, es gibt Neuigkeiten. Sie hat Schluss gemacht."

„Ohhhh …", sagte sein Vater.

„Das tut mir leid, willst du ein bisschen darüber reden oder sollen …", sagte seine Mutter.

„Ihr sollt mich in Ruhe lassen."

Seine Eltern nickten, schauten ihn gleichzeitig an, lächelten so ein „Wir-haben-dich-aber-lieb-Lächeln" und blickten wieder in Richtung Sonne, die gerade dabei war, zu verschwinden, weshalb sich der Himmel rötlich färbte.

Einfach nur: magisch!

Eigenartigerweise fragte sich Nepo genau in diesem Augenblick, ob gleichaltrige Frauen und Männer fanden, dass seine Eltern gut aussahen. Sie waren fünfzig (sein Vater) und einundfünfzig (seine Mutter), 185 cm (sein Vater), 175 cm (seine Mutter), blaue Augen (beide), sportlich schlank (beide), kurze blonde Männerfrisur (er), lange blonde Haare (sie). Eigentlich sahen beide aus wie Klischeeschweden. Ob sie wohl noch regelmäßig Sex, also so alle ein bis zwei Tage, hatten? Er hatte sich bis zu diesem Zeitpunkt seine Eltern noch nie beim Sex vorgestellt. Aber jetzt tat er es und fand es weniger ekelhaft als erwartet.

Nepo selbst, siebzehn, 180 cm, blaue Augen, sportlich, blonde Locken, die auf die Schulter fielen, irgendwie auch er Klischeeschwede, hatte durchaus Lust auf regelmäßigen Sex! Dabei wusste er sehr wohl, dass viele Jungs erst mit achtzehn oder noch später mit einem Mädchen oder eben mit einer Frau im Bett landeten. Aber bei ihm war es nun mal schon geschehen, und jetzt wollte er … nicht aufhören. Problem: allein ging das nicht!

„Ich geh mal runter, gute Nacht", sagte er.

Seine Eltern nickten.

„Ich habe erst zur vierten Stunde, Doppelstunde Bio fällt aus. Also bitte nicht wecken."

„Das müssen wir nicht, das macht der Staubsauger."

„???"

„Morgen kommt eine neue Putzfrau. Unsere alte Putzfrau, also Anna …"

Eine Ukrainerin.

„… kommt nicht mehr. Von sieben bis acht zeige ich der Neuen alles. Aber ich kann ihr ja auch sagen, dass sie nicht so früh mit dem Staubsaugen beginnen soll", sagte seine Mutter und lachte.

Schade, dachte er. Anna war nett gewesen, obwohl es schwierig gewesen war, sich mit ihr zu unterhalten, weil sie kaum Englisch und gar kein Schwedisch gesprochen hatte. Aber das wenige, das er erfahren hatte, hatte er spannend gefunden. Sie war vor dem Krieg geflohen, nachdem ihr Mann erschossen worden war und sie ihre Eltern bei einem Bombenangriff verloren hatte. Nepo hatte bis dahin noch nie jemanden kennengelernt, der so etwas erlebt hatte, und hätte ihr am liebsten tausend weitere Fragen gestellt.

Um Leonie zu vergessen, setzte er sich an seinen PC und spielte *League of Legends*. Eine Runde nach der anderen. Und dann war es plötzlich drei Uhr morgens. Wohl doch mal Zeit zu schlafen, dachte er und ging auf das zu seinem Zimmer gehörende WC. Er freute sich aufs Ausschlafen, aber die Freude währte nur wenige Sekunden lang. Dann fiel ihm ein, dass die Putzfrau kommen würde. Er rechnete damit, dass sie, egal wie nett sie war, ihn mit ihrem Staubsauger ziemlich tyrannisieren würde.

EIN dröhnender Lärm riss Nepo aus dem Schlaf.

„Boh", seufzte er und dachte: Die neue Putzfrau hätte ja erst mal Staub wischen anstatt Staub saugen können.

Und wie spät war es überhaupt? Nepo drehte sich schlaftrunken zum Nachtschrank, auf dem sein Handy auf dem siebenten Harry-Potter-Band – *Harry Potter och Dödsrelikerna* – lag. Harry Potter begleitete ihn inzwischen seit elf Jahren. Es war fast so, als wenn er sein Kumpel wäre. Als Nepo sechs war, hatten seine Eltern im Wechsel begonnen, ihm einen Band nach dem anderen vorzulesen. Mit neun hatte er die Bände dann noch mal selbst auf Deutsch gelesen, fertig geworden war er aber erst mit zehn. Dann, mit zwölf, auf Englisch. Mit fünfzehn auf Französisch. Und nun auf Schwedisch, weshalb er inzwischen wusste, dass Zauberstab *trollstav*, Zauberer *trollkarl* und Hexe wenig überraschend *häxa* hieß.

Er schaute auf die Uhr. Nein ... das ... das war unmöglich ... Er verengte seine Augen zu Schlitzen. Scheiße, es war tatsächlich drei vor elf, und das bedeutete: In dreiundzwanzig Minuten begann Mathe. Eigentlich fehlte er fast nie, aber sollte er sich jetzt etwa zur Schule quälen und dort erklären müssen, dass er verschlafen hatte? An einem Tag, an dem allen Ernstes neben Bio nur noch Mathe und Physik auf dem Stundenplan standen? Es sollte ein Verbot eingeführt werden, montags solche Fächer zu unterrichten. So konnte man eine Schulwoche doch echt nicht beginnen.

Nein, er würde nicht zur Schule gehen. Er schrieb seinem Vater, der bei solchen Angelegenheiten wesentlich entspannter als seine Mutter war, und bat ihn, ihn krank zu melden.

Antwort nach einer halben Minute:

Kein Problem. Schlimm?

Nee, Bauchschmerzen. Aber NICHT schlimm.

Wegen Leonie?

Wow. Das fand Nepo richtig nett. Seine Eltern waren zwar nie da, aber sie dachten mit.

Vielleicht.

Okay. Hab dich krank gemeldet. Hör laut Musik. Das hilft.

Als könnte sein Vater ihn sehen, nickte Nepo in Richtung Telefon. Das wäre also geschafft. Nepo ging aufs Klo, pinkelte, wusch sich das Gesicht, bürstete sich das Haar, zog den Schlafanzug aus und eine Shorts – es waren Ende August noch immer angenehme zwanzig Grad –, und ein Beatles-T-Shirt an. Dann machte er die Tür auf. Es war nicht so, dass er auf Smalltalk mit einer ihm unbekannten Putzfrau Lust hatte. Aber er musste frühstücken, und in Schweden hatte er sich angewöhnt, jeden Tag Unmengen Kaffee in sich hineinzuschütten. Ohne regelmäßige Koffeinzufuhr kam er schon längst nicht mehr durch den Tag.

Von der Putzfrau war nichts zu sehen, als Nepo sein Zimmer verließ. Er hörte aber, dass sie am Ende des Flurs im Schlafzimmer seiner Eltern zugange war. Sollte er kurz „Hallo" sagen? Ach was, dann würde sie einen Schreck bekommen und könnte denken, dass man sie überwacht. Aber sie musste sich keine Sorgen machen. Seine Eltern stellten sich nicht an, und wenn mal etwas nicht ganz so sauber war, lachten sie und sagten Sachen wie „Nobody is perfect, dafür glänzt das Bad". Nepo ging die Wendeltreppe herunter ins klassenzimmergroße Wohnzimmer mit offener Küche. Die eine Wand bestand nur aus einer Fensterscheibe – von hier aus blickte man direkt aufs Meer. Dort stand der Esstisch, an dem Nepo ein halbes Dutzend Knäckebrote mit dick Butter und noch dicker Nutella beziehungsweise Erdnussmus aß. Besser war nur Pizza mit einem Kilo Käse und viel Knoblauch und vielen roten Zwiebeln drauf. Aber das passte nicht so gut zum Frühstück, obwohl er sich schon mal gefragt hatte, wer eigentlich entschieden hatte, dass man den Tag eher mit Brot oder Müsli als mit Pizza oder Spaghetti begann. Er nahm sich vor, irgendwann mal morgens eine Pizza zu essen. Aus Protest gegen alle Menschen, die sagten, dass sich das nicht gehöre.

Nepo beobachtete eine auslaufende Fähre und dachte: Ist schon echt geil hier! Als die Fähre am Horizont verschwunden war, las er auf dem Handy Nachrichten seiner Kumpels und meldete sich auch bei ihnen krank, woraufhin sie ihm mit Smiley einen *„schönen Tag"* und *„viel Spaß bei League of Legends"* wünschten. Dann machte er Übungen auf Duolingo.

Plötzlich drehte jemand den Wasserhahn auf. Er schaute verwirrt zur Spüle und sah zum ersten Mal die Putzfrau. Jetzt drehte sie den Hahn zu und begann den Herd zu schrubben. Sie hatte Kopfhörer in den Ohren und summte leise zur Musik, die sie hörte. Ihre Hautfarbe war so dunkel wie diejenige von Anna hell gewesen war. Sie trug ein Kopftuch und war ungefähr so alt wie seine Eltern.

„Guten Morgen!", sagte er.

Sie zuckte zusammen und schaute verdattert in seine Richtung.

DIE Frau nickte ihm zu, lächelte und griff zu ihrem Handy, auf dem sie vermutlich die Musik ausschaltete.

„Guten Morgen", sagte sie.

Gerade wollte er sich nach ihrem Namen erkundigen, als sie fragte:

„Hast du keine Schule?"

Ihr Schwedisch war nicht akzentfrei. Aber sie sprach vom Tonfall wie jemand, der schon lange hier lebte.

„Ich bin krank", sagte er, woraufhin sie ihn mit erstauntem Blick musterte.

„Aha."

Selten hatte er ein ironischeres „Aha" gehört. Leicht stotternd sagte er:

„Also … ich meine, heute Morgen ging es mir nicht gut, und da, ja … da dachte ich, weil ich heute eh nichts Wichtiges in der Schule habe, dass ich dann ja auch zu Hause bleiben könnte."

„Ihr seid vor einem Jahr aus Deutschland gekommen?"

„Ja", sagte er und wunderte sich über diesen abrupten Themenwechsel.

„Mit deinen Eltern spreche ich Englisch. Ich weiß nicht mal, ob sie Schwedisch können. Aber du sprichst ja fast normales Schwedisch. Wie kommt das?"

Eine Sekunde lang war Nepo gekränkt und war drauf und dran zu fragen, was genau sie denn mit „fast" meine. Aber natürlich sprach er weder fehler- noch akzentfrei. Er bedankte sich für das, was letztendlich ein Lob war, und erzählte dasselbe wie tags zuvor in der Boulderhalle. Sie lachte laut auf. Dann sagte sie:

„Als ich vor zwanzig Jahren hierhergekommen bin, da konnte ich natürlich gar kein Schwedisch, und in den ersten Jahren habe ich es auch nicht gelernt, weil ich meine Tage mit somalischen Müttern verbracht habe.

Dann ist mein Sohn in die Schule gekommen, und er musste übersetzen, wenn ich mit Lehrern gesprochen habe. Das war natürlich peinlich. Und ich wusste ja nicht mal, ob das stimmte, was er mir oder eben den Lehrern dann erzählt hat. Also habe ich angefangen, Schwedisch zu lernen. Und irgendwann konnte ich es."

Sie kam also aus Somalia. Mit dem Land verband Nepo nichts anderes als Krieg und Islamismus. Dabei musste Somalia eine unendlich lange Küste haben, und unendlich lange Küsten waren bestimmt nicht nur in Kalifornien atemberaubend schön.

„Hast du noch mehr Kinder?", fragte Nepo.

„Ja, Abdi hat noch vier Schwestern, eine, die zwei Jahre jünger ist, also sechzehn, und drei, die dann mit Verspätung gekommen sind. Die drei kleinen Schwestern sind zehn."

„Alle drei?"

„Es sind Drillinge. Ich muss dann mal los", sagte sie.

Während sie sich umschaute, als würde sie kontrollieren, ob auch wirklich alles sauber war, dachte Nepo über das Phänomen Drillinge nach. Kannte er Drillinge? Nein. Und sahen auch Drillinge wie Zwillinge wirklich gleich aus?

Jetzt warf die Putzfrau Nepo einen ungewöhnlich strengen Blick zu. Dann sagte sie:

„Also wenn du heute schwänzt … fang damit gar nicht erst an."

Sie seufzte und schüttelte dabei den Kopf.

„Nee nee … ich schwänze nicht. Mir … also mir ging es heute Morgen … wirklich nicht gut … nicht *so* gut jedenfalls", sagte er, und da sie nicht reagierte, ergänzte er: „Ich meine … so schlimm war es eigentlich nicht. Wahrscheinlich hätte ich zur Schule gehen können."

Sie lächelte, verabschiedete sich und ging. Ob sie wohl in ihrem knöchellangen Kleid, dem langärmeligen Shirt und dem Kopftuch – alles in schwarz – schwitzte? Und ob dort, wo sie wohnte, viele Somalier oder Menschen aus anderen afrikanischen Ländern lebten? Und wann bekäme er wieder die Chance, mit ihr zu reden? Er konnte ja nicht jeden Montag schwänzen.

Plötzlich hatte Nepo eine Idee. Er sprang auf, zog sich ein T-Shirt mit dem Schriftzug *Rolling Stones* an, setzte ein Cappy und eine Sonnenbrille auf, und in seinen blauen Chucks und mit Airpods im Ohr verließ er das Haus. Ob das, was er vorhatte, eine gute Idee war oder sich als Fehler entpuppen würde, wusste er nicht. Aber er hatte das Gefühl, die kommenden Tage nicht schlafen zu können, wenn er nicht wusste, wo diese Frau mit ihren fünf Kindern (und ihrem Mann?), die so ein ganz anderes Leben als er und seine Eltern führten, wohnte. Und er nahm sich vor, es herauszufinden! Von weitem sah er, wie sie vorn in die Tram stieg. Es war die Endhaltestelle, und mit etwas Glück fuhr sie erst in zwei Minuten ab, und zwei Minuten hatte er noch.

Er lief los. Und während er lief, lachte er über sich selbst. Denn noch nie zuvor war er jemandem auf diese Weise gefolgt.

KAUM hatte Nepo sich ans Fenster in den hinteren Bereich der nicht besonders vollen Linie 11 gesetzt, fuhr sie los. Von seinem Platz aus konnte er die Putzfrau, die vorn auf einem Vierer in Fahrtrichtung saß, beobachten.

Es war natürlich nicht ausgeschlossen, dass sie zu einem zweiten Haus fuhr, um dort zu putzen. Das würde Nepos Pläne zunichtemachen, denn stundenlang warten würde er nicht. Aber vielleicht fuhr sie ja direkt zurück. Schließlich war sie von acht bis eins bei seinen Eltern gewesen, und nach einer solchen Arbeitseinheit war sie wahrscheinlich kaputt.

Nepo schaute abwechselnd in Richtung der Putzfrau und aus dem Fenster. Er kannte jeden Briefkasten, den man auf der Strecke aus der Tram sehen konnte, und das war auch logisch: Sein ganzes erstes und auch die ersten Tage seines zweiten Göteborger Schuljahres, an dessen Ende er Abitur machen würde, was seltsamerweise „studenten" auf Schwedisch hieß, war er mit der Tram zur Schule gefahren.

Am Anfang war die Strecke gesäumt von Einfamilienhäusern, die immer kleiner wurden, je weiter man sich von Saltholmen entfernte. Kurz nach der Haltestelle Kungsten konnte man, wenn man den richtigen Moment abpasste, die Älvsborgsbron sehen. Diese etwa einen Kilometer lange Hängebrücke war eine von zwei Brücken, die in Göteborg den Göta älv überquerten, also den Fluss, der bei Saltholmen ins Meer mündete und Göteborg in zwei ungleiche Hälften teilte. Auf der einen Seite lag die Innenstadt mit seiner Schule, Geschäften, Kinos, Cafés usw. – was es auf der anderen Seite gab, wusste er nicht. (Die Älvsborgsbron hatte mit ein wenig Phantasie durchaus Ähnlichkeit mit San Franciscos

Golden Gate Bridge, über die Nepo im Sommer mit seinen Eltern geradelt war.)

Die Tram war inzwischen ein wenig voller geworden. Aber die Putzfrau blieb weiterhin die einzige Nichtweiße. Woran sie wohl dachte? An ihre vier Töchter, die vermutlich gerade in der Schule waren? Oder an ihren Sohn, von dem Nepo nicht wusste, was er machte. Hatte sie wegen ihm gesagt, dass Nepo nicht anfangen solle zu schwänzen?

Zwischen den Haltestellen Sandarna und Mariaplan fuhr die Tram an einem riesigen Friedhof vorbei, und spätestens jetzt hatte man den Eindruck, in einer vollkommen anderen Welt zu sein. Anstatt Meer und Einfamilienhäuser prägten Cafés, Pizzerien und drei-stöckige Mietshäuser das Stadtbild. Plötzlich war man nicht mehr in irgendeinem Vorort, in dem diejenigen wohnten, die sich und ihren Wohlstand und oft auch Reichtum abschotteten und sich in ihren Gärten oder auf den Dachterrassen versteckten, sondern man war dort gelandet, wo die friedliche Einsamkeit einem munteren Leben in der Öffentlichkeit wich.

Dann ging die Fahrt weiter durch ziemlich langweilige, austauschbare Wohngebiete, die aus kasernenartigen Mietshausanlagen bestanden, in denen wahrscheinlich auch viele Menschen lebten, die bei Volvo oder AstraZeneca arbeiteten. Aber eben nicht im Management wie Nepos, Louis' und Kens Eltern.

Jetzt hielt die Tram an einer der großen Umsteige-stationen, dem Järntorget, aber auch hier blieb die Putzfrau sitzen. Das tat sie auch, als die Tram am ältesten Göteborger Viertel, dem Haga-Viertel, vorbeifuhr, wo es die größten Kanelbullar, also Zimtschnecken, gab. Und dann, am Grönsakstorget, stieg sie aus und direkt wieder

26

in die nächste Tram ein. Zum Glück hatte Nepo nicht aus dem Fenster geguckt, sonst hätte er sie aus den Augen verloren. Nun saß auch er in der Linie 6 mit Ziel Biskopsgården. Von Biskopsgården hatte er noch nie gehört, aber anstatt es zu googeln, was er oft machte, wenn er wen oder was auch immer nicht kannte, konzentrierte er sich auf die Putzfrau, die sich wie auch in der anderen Tram in den vorderen Bereich gesetzt hatte. Die 6 war voller als die 11 und schob sich durch eine der Hauptverkehrsadern neben Volvos und Teslas durch die Innenstadt. Alles war sauber und schick.

Dann die Haltestelle Brunnsparken. Die Umsteigehölle schlechthin. Seltsam, dass es hier nicht jeden Tag mindestens drei Tote beim Überqueren der Straßen gab, die den Hauptplatz einrahmten. Wenn jemand ein Wimmelbild hätte malen wollen, hätte er sich nur auf irgendeine Bank setzen müssen, und tausend Ideen wären ihm gekommen. Hundert Meter entfernt war der Hauptbahnhof, der aber von weniger Trams angefahren wurde, und auch das Shoppingcenter Nordstan war direkt hier.

Jetzt überquerte die Tram die Hisingsbron, die neuer, kürzer, flacher und bei weitem nicht so spektakulär wie die Älvsborgsbron war. Es war seltsam, dass Hisingen Neuland für Nepo war. Schließlich waren hier auch die Volvowerke, wo seine Eltern arbeiteten. Aber aus dem Alter, in dem die Kinder den Arbeitsplatz ihrer Eltern auf irgendeinem Sommerfest kennenlernen und sich auf Hüpfburgen austoben durften, war Nepo raus.

Es folgten Haltestellen, die nicht nur ähnlich hießen, sondern auch ähnlich waren: Hjalmarbrantningsplatsen, Vägmästarenplatsen, Wieselgrensplatsen. Diese Plätze waren nicht mehr ganz so schick wie der Stadtkern, und auch etwas anderes fiel ihm auf: In Saltholmen lebten die Weißen, während jenseits der Brücke *auch* Weiße lebten. Inzwischen war Nepo als weißer Westeuropäer jedenfalls in der Minderheit.

Dann fuhr die Tram durch eine kleine Siedlung mit Häusern, die nur unwesentlich kleiner waren als ihr Haus in Saltholmen, und plötzlich, für Nepo vollkommen überraschend, schlitterte die Tram in ein Klischee-hochhausgebiet, und hier, an der Station Vårväderstorget, stieg die Putzfrau aus, und Nepo folgte ihr.

Sie ging eine Treppe hinunter und stand dann quasi direkt auf einem Platz, der umringt von acht- bis zehnstöckigen Hochhäusern war, die aber vergleichs-weise gepflegt aussahen. Auf dem Platz gab es mehrere arabische und türkische Restaurants, und eines davon betrat die Putzfrau.

Den zwei Jungs, vielleicht so alt wie er, die auf der aus vier Tischen bestehenden Terrasse saßen und Cola tranken, nickte sie zu. Gut möglich, dass sie auch aus Somalia kamen. Beide hatten dieselbe Kurzhaarfrisur, der eine hatte seine Haare aber originellerweise orange und der andere nicht weniger originell lila gefärbt. Sie trugen Nikeschuhe und Shorts, der Orangehaarige ein Messi- und sein Kumpel ein Mbappé-Trikot, Sonnenbrillen und Schmuck, und zwar silberne Ketten, silberne Armbänder, silberne Ringe und jeweils eine teuer aussehende Armbanduhr.

Die Putzfrau ging zum Tresen, hinter dem man in die offene Küche sehen konnte. Sie wurde von einer wahrscheinlich türkischen Kellnerin umarmt. Nepo wusste nicht so recht, wie er sich verhalten sollte. Also setzte er sich erst mal an einen Platz ans Fenster. Inzwischen hatte sich auch die Putzfrau gesetzt, zum

Glück fünf Tische entfernt. Sie trank Tee, und Nepo bestellte eine Cola, die ihm sofort gebracht wurde.

Da die Putzfrau mit ihrem Handy beschäftigt war, googelte er den Stadtteil, in dem er sich gerade zum ersten Mal in seinem Leben befand: Biskopsgården, wo 26000 Menschen lebten, war seit einigen Jahren als Brennpunkt eingestuft. Wegen der Bandenkriminalität. Ein Polizist war hier vor nicht allzu langer Zeit erschossen worden. Und ganz grundsätzlich gab es hin und wieder Schießereien. Auf dem Vårväderstorget hatte eine solche Schießerei auch mal in einem Restaurant stattgefunden.

Am Ende hatte es zwei Tote gegeben.

NEPO surfte im Internet und fand nach und nach immer mehr über Biskopsgården heraus. Vor allem Genaueres über die Banden, die sich in permanentem Kriegszustand befanden. Dass sich zum Beispiel eine Bande eher auf den Verkauf von Drogen in Göteborgs Zentrum spezialisierte. Diese Bande nannte sich *Tigers* und bestand aus Somaliern ab zwölf Jahren. Wer der Boss war, war unbekannt.

Aus Somaliern!

Scheiße!!

In Biskopsgården selbst waren inzwischen vor allem die *Harkimis* aktiv, deren Oberboss, ein Syrer mit hohem Ansehen weit über Biskopsgården hinaus, einer Familie mit Namen Harkimi angehörte. Die Bande setzte sich vor allem aus Mitgliedern der weit verzweigten Familie zusammen. Das war natürlich auch ziemlich scheiße. Aber nicht ganz so scheiße wie die Sache mit den Somaliern, schließlich beschäftigten seine Eltern keine Putzfrau aus Syrien, sondern aus Somalia.

Laut des Artikels ging es um Verteilungskämpfe vor allem in Göteborgs Innenstadt, also um die Frage, wer was wo verkaufen durfte. Haschisch. Kokain. Ecstasy oder andere Partytabletten.

Er las weiter und wunderte sich über den Tonfall in vielen Artikeln, die er im Internet fand. Die Schilderungen klangen so, als handele es sich um Alltägliches. Es ist „schon wieder jemand ausgeraubt und niedergestochen worden." Eine „weitere Schießerei". „Dieses Mal waren die Täter erst dreizehn."

Nepo schüttelte den Kopf und dachte an seine Freunde und Lehrer, die ihm vor seinem Umzug gesagt hatten, was sie selbst mit Schweden verbanden. Ein Ranking aus allen Kommentaren hätte vermutlich so ausgesehen:

1.   Ins IKEA-Land, cool! Ob es wohl in Schweden die gleichen Sachen gibt wie bei uns?

2.   Schön, ich liebe Schweden. Da kann man toll Kanu fahren.

3.   Dann siehst du bestimmt auch mal Elche.

4.   Wohnt ihr da in so einem roten Holzhaus wie alle Schweden?

5.   Ich liebe Schwedenkrimis! Ist ja eigentlich witzig. So ein friedliches Land, und dann diese ganzen brutalen Morde in den Krimis.

6.   Wenn du auf Blondinen stehst, bist du da genau richtig.

7.   Stockholm und Göteborg! Schönere Städte gibt es nicht.

8.   Ich habe mal gehört, dass sich da alle duzen.

9.   In Schweden wird es im Sommer nicht dunkel und im Winter nicht hell.

10.   Ich stelle mir das Land wie Bullerbü vor.

Und es war nicht so, dass sich in Nepos erstem Jahr nicht viele dieser Schwedenklischees bestätigt hätten.

1.   Bei IKEA hatten sie sich einen Großteil ihrer Einrichtung besorgt, und ja, es gab dort dieselben Möbel wie in Deutschland, und auf dem Speiseplan des IKEA-Restaurants standen auch Köttbullar.

2.   Mit Louis war er tatsächlich schon einige Male Kanu gefahren und hatte einmal auf einer Miniinsel zwischen den eigentlichen Schären und dem Festland gezeltet.

3.   Elche gab es direkt in Göteborg im Slotsskogen, dem Schlosswald, der eigentlich ein Park ohne Schloss

31

war. Mit kleinem, für alle frei zugänglichem Zoo. Aber in freier Wildbahn hatte Nepo bisher noch nie einen Elch gesehen, was daran gelegen haben mochte, dass er noch nie in Mittelschweden in einem der riesigen Waldgebiete wandern gewesen war.

4. Rote Holzhäuser sah man durchaus, sobald man sich vom Zentrum entfernte. Aber sie wohnten nicht in einem solchen Haus.

5. Schwedenkrimis hatten seine Eltern schon in Deutschland gelesen, vor allem Romane von Henning Mankell und die Millennium-Trilogie. Davon hatte Nepo zwischen Harry Potter fünf und sechs den ersten und zwischen sechs und sieben den zweiten Band gelesen.

6. Blondinen? An seiner Schule und vermutlich auch in Biskopsgården liefen im Gegensatz zu Göteborgs Zentrum nicht so viele klassische Blondinen herum. Stand er auf Blondinen? Gute Frage. Leonie war blond, okay. Aber deshalb waren sie nicht zusammengekommen. Sie waren zusammengekommen, weil sie in ihrem Schultheater Romeo und Julia gespielt und nach der letzten Aufführung gemerkt hatten, dass es ohneeinander plötzlich einsam war.

7. Göteborg war schon eine echt geile Stadt. Die Innenstadt mit ihrer Fußgängerzone. Die Schären. Die Felsen überall. Der Slottsskogen. In Stockholm war er bisher einmal gewesen, und auch da hatte er sich sauwohl gefühlt.

8. Es duzten sich tatsächlich ALLE. Am Anfang hatte er das komisch gefunden, dass er zum Zahnarzt einfach du gesagt hatte. Nur den König duzte man nicht, aber den hatte er noch nicht getroffen.

9. In Nordschweden, wo er noch nie gewesen war, war es tatsächlich so. Da war es im Winter auch gern mal

minus dreißig Grad. In Göteborg war es im Sommer zwischen vier Uhr morgens und elf Uhr abends hell und im Winter ab halb vier nachmittags bis ungefähr halb neun morgens dunkel.

10. Ganz Schweden wie Bullerbü? Na ja, Göteborg war eine Stadt mit sechshunderttausend Einwohnern. Bullerbü war ein Dorf mit drei Höfen. Aber wahrscheinlich war eher diese Friede-Freude-Eierkuchen-Welt gemeint. Und ja, in Schweden wirkten die Menschen zufrieden, viele sogar glücklich.

Aber nun war er in Biskopsgården in einem türkischen Restaurant am Vårväderstorget. Und er hatte sich eine halbe Stunde lang Informationen ergoogelt. Ihm war klar geworden, dass er die Liste um zwei Punkte ergänzen musste:

1. Es gab wahrscheinlich nicht nur in Göteborg Stadtteile, in denen auf dem ersten Blick ausschließlich Menschen wohnten, die oder deren Eltern definitiv nicht aus Schweden oder einem westeuropäischen Land kamen.

2. Schweden hatte ein geradezu absurdes Problem mit Banden, deren Mitglieder gern aufeinander schossen.

Nepo schaute sich um. Nichts deutete darauf hin, dass Biskopsgården, genauer gesagt der Vårväderstorget, ein sozialer Brennpunkt sein könnte.

An einem Tisch saß eine schwarze Frau mit rotem Kopftuch und knöchellangem, rotem Kleid. Sie telefonierte. Könnte die Schwester der Putzfrau sein, nur dass die Lieblingsfarbe dieser Frau offensichtlich rot war. An einem anderen Tisch: vier ungefähr dreißigjährige

Männer, jedenfalls deutlich älter als er und deutlich jünger als seine Eltern, Typ Araber oder Türken, alle mit Bart, alle in Jeans und T-Shirt, und sie sprachen Schwedisch, und manchmal Türkisch, wie Nepo an den zahlreichen Üs erkannte.

Dann ein Tisch mit einem schwarzen Mädchen, unfassbar hübsch, weiße Turnschuhe, weißes T-Shirt, das so eng an ihrem Körper klebte, dass man ihre Brüste – apfelsinengroß, würde er sagen – gut erkennen konnte. Sie hatte ein rundliches Gesicht, große Augen, volle, aber nicht dicke Lippen, und schwarze Locken fielen auf die Schulter. Nepo war ... überwältigt! Hatte er jemals ein Mädchen auf den ersten Blick so umwerfend gefunden? Also stand er nicht auf Blondinen, jedenfalls nicht nur.

Sie saß an einem Tisch mit drei kleineren, ungefähr gleichaltrigen und gleichaussehenden Mädchen in blauem Kleid mit zu ungefähr hundert Zöpfen geflochtenen Haaren. Moment mal, war das nicht der Tisch, an dem zuvor die Putzfrau gesessen hatte? Ja!!! Nepo lächelte. Denn nun wusste er, wer diese vier Mädchen waren: Die Töchter der Putzfrau, die er offensichtlich während seiner Google-Session aus den Augen verloren hatte.

In diesem Moment sah er aus dem Augenwinkel drei Jugendliche beziehungsweise junge Männer, die ihre Elektroroller vor dem Restaurant abstellten – Messi und Mbappé waren nicht mehr da.

Sie waren dunkelhäutig, aber nicht schwarz. Alle trugen rote Kapuzenpullis, obwohl es dafür eigentlich viel zu warm war. Ob sie deshalb die Ärmel hochgezogen hatten? Vielleicht. Vielleicht wollten sie aber auch, dass man ihre identische Tätowierung auf dem Unterarm sehen konnte: Es waren arabische Schriftzeichen, und Nepo hatte keine Ahnung, was sie bedeuten könnten.

Das Paar, das inzwischen am Nachbartisch saß – sie mit Kopftuch, er mit Cappy, beide vielleicht um die zwanzig –, begann auf Arabisch zu tuscheln, und das Einzige, was Nepo verstand, war ein Wort:

Harkimi

Komischerweise hatte Nepo keine Angst, obwohl er sich zu ungefähr hundert Prozent sicher war, dass jetzt drei Mitglieder einer der gefährlichsten Banden ganz Göteborgs genau dort einen Tee trinken oder einen Kebap essen wollten, wo er sich aufhielt und einer von … zwei weißen Gästen war. Es war eher so, dass er gespannt darauf war, was passierte.

Was passierte, war Folgendes: Die Jungs – alle mit ausrasiertem Nacken und ein bisschen zu viel Gold-schmuck um den Hals und den Handgelenken, einer von ihnen groß und überraschend dick mit Bart, der seine Lippen einrahmte, die anderen kleiner und schlanker mit aalglatter Haut wie Nepo selbst – betraten das Restaurant. Sie setzten sich direkt an den Tisch mit den vier Mädchen, wofür sie sich Stühle vom Nachbartisch holten. Zwei setzten sich auf die eine und einer auf die andere Seite der ältesten Tochter, die nicht besonders glücklich wirkte. Das Gegenteil war der Fall. Sie wirkte, als würde sie sich bedroht fühlen. Nichts deutete darauf hin, dass die drei Harkimis einen Tee trinken oder einen Kebap essen wollten.

So eine Kacke, dachte Nepo. Gescheiteres fiel ihm zu dieser Situation nicht ein. Die Jungs lachten. Es war allerdings kein fröhliches, sondern eher ein hämisches Lachen. Irgendetwas musste Nepo tun. Das Problem war: Die drei Jungs sahen absolut nicht so aus, dass Nepo Lust hatte, sich mit ihnen anzulegen. Nepo atmete tief ein und aus. Er wollte dem großen Mädchen unbedingt zeigen, dass er, der weiße Junge aus Saltholmem, mutig war. Aber wie konnte er dem Mädchen bloß helfen? Er würde die Jungs ja nicht nacheinander aus dem Restaurant zerren können.

Dann ... ganz plötzlich ... hatte er eine Idee. Bevor er es sich anders überlegen konnte, stand er auf und ging direkt zu deren Tisch.

„HI", sagte Nepo und schaute die große Schwester lächelnd an.

Nicht nur das Mädchen, sondern alle sahen ihn verwirrt an. Erst jetzt fiel Nepo auf, dass die Harkimis neben den arabischen Zeichen auf dem Unterarm eine weitere identische Tätowierung hatten: Neben dem linken Auge war ein kleiner Halbmond tätowiert. Und so ganz aalglatt war die Haut von einem der beiden Nichtbärtigen dann doch nicht: Er hatte einen erkennbaren Flaum. Und Schneidezähne, die an der unteren Kante abgebrochen waren. Er schätzte den Bärtigen auf fünfundzwanzig, den mit dem Flaum auf siebzehn oder achtzehn und den Dritten auf vierzehn. Er hatte ein rundes Gesicht und sah aus wie jemand, der mit seinen Freunden auf dem Schulhof Pokémon-Karten tauscht. Der Bärtige schaute auf Nepos T-Shirt. Dann fragte er ihn:

„Was willst du, Mick?"

„Woher kennst du den denn", fragte … Babyface.

„Mann … Mick … Mick Jagger … der Sänger von den Rolling Stones!", sagte der Bärtige.

„Ach so", sagte Babyface.

Nachdem das geklärt war, fragte er Nepo erneut. Nepo schaute auf sein Handy. Es war fünf nach vier.

„Ich bin die Nachhilfe … die zu spät kommt", sagte er zum Bärtigen und lächelte jetzt die große Schwester an.

Er hoffte, dass sie mitspielen würde.

Sollte sie es nicht tun und stattdessen sagen, dass sie ihn nicht kennen würde, würde seine Initiative wie eine plumpe Anmache wirken, und dann könnte es ungemütlich für ihn werden.

Zunächst sagte die große Schwester allerdings gar nichts, sondern schaute ebenfalls auf ihr Handy. Von nahem sah sie noch viel hübscher aus. Auch deshalb wünschte er sich so sehr, dass sie mitspielte. Wenn nicht, wären die ersten Minuten in ihrer Nähe mit Sicherheit auch seine letzten.

Nepo, der jetzt keinen Rückzieher mehr machen konnte, ließ seinen Blick über die aufgeschlagenen Schulhefte der Drillinge schweifen. Mist, Mathe, dachte er. In Englisch hätte er wirklich helfen können, in Mathe eher nicht so. Selbst den Kram, den man mit zehn Jahren macht, würde Nepo wahrscheinlich nicht spontan verstehen. Endlich schaute ihn die große Schwester an.

„Ist schon okay, aber dann bleibst du auch fünf Minuten länger", sagte sie.

„Schon klar", sagte Nepo, der sich plötzlich seltsam leicht fühlte.

„Ich heiße übrigens Arne", sagte Nepo zu den drei Jungs, und dann: „Ich finde eure Pullover übrigens cool. Habt ihr vielleicht noch einen, den ich euch abkaufen könnte?"

Babyface lachte, der Bärtige sah ihn mit versteinerter Miene an, und der Flaumträger schaute wiederum den Bärtigen an, und wenn er ihm eine Frage gestellt hätte, hätte sie vermutlich gelautet: Soll ich dem Typen eins auf die Fresse hauen? Bevor sie antworten konnten, streckte Nepo ihnen seine Faust entgegen, weil sich viele Jungs so grüßten, und zwar alle, die sich irgendwie wichtig fanden, und tatsächlich prallte seine Faust nacheinander auf die Fäuste der Jungs.

„Wollt ihr drei auch Mathe machen? Wenn nicht, dann wäre es cool, wenn ich einen von euren Stühlen haben könnte", sagte Nepo mit möglichst beiläufigem Tonfall.

„Schon gut, heute mal nicht. Na dann viel Spaß mit Mathe. Und wenn wir uns das nächste Mal sehen, bekommst du auch deinen Pullover", sagte der Bärtige.

Und zu seinen Kumpels:

„Lasst uns abhauen!"

Und zur großen Schwester mit einem Lächeln, das das Gegenteil von freundlich war:

„Gruß an Abdi!"

Dann verließen sie das Restaurant und düsten mit ihren Rollern davon, und Nepo hatte sofort ein Bild vor Augen: Er nachts auf dem Roller über die Hisingsbron. Von hinten umklammert ihn die große Schwester, deren Haare im Wind wehen. Das wäre bestimmt ein Super-kinoplakat.

„Dann erklär mal schön Mathe … Arne", sagte die große Schwester.

„Wie bitte?"

„Na du musst jetzt natürlich schon Mathe machen. Sonst kommen die zurück und sehen, dass du gar kein Nachhilfelehrer bist."

Sie blieb in ihrer Rolle, obwohl die Jungs weg waren, was Nepo megaaufregend fand. Und irgendwie auch ultrasüß. Und selten fühlte er sich derart geschmeichelt. Es war ja fast so, als wollte sie, dass er ihnen noch eine Weile Mathe erklären würde.

„O-kay …", sagte er und nahm eines der Hefte in die Hand.

Nur Zahlen. Eigentlich nicht weiter verblüffend.

„Wer bist du?", fragte ein Drilling.

„Hat er doch gesagt. Arne, ein Nachhilfelehrer, und warum brauchen wir eigentlich einen in Mathe. Das erklärt uns doch eh immer Abdi – das ist unser Bruder", sagte ein anderer Drilling und klang dabei ziemlich stolz.

„Aber dann erklär doch mal diese Aufgabe, also die kapier ich einfach nicht", sagte wieder der erste Drilling und zeigte aufs Heft.

Nepo versuchte sich auf die Zahlen zu konzentrieren, aber das gelang ihm nicht. Und selbst wenn, so hätte er vermutlich eine Zeit lang gebraucht, um zu verstehen, worum es überhaupt ging.

„Und?", fragte einer der Drillinge ungeduldig.

Die große Schwester lachte laut auf.

„Von Mathe verstehst du auch nicht mehr als ich, oder?"

„Ich befürchte, nicht mal mehr als deine Schwestern."

„Du bist aber ein komischer Nachhilfelehrer. Dann fragen wir halt doch Abdi, der kann das", sagte eine Drillingsschwester, und eine andere:

„Der kann alles!"

Jetzt nickten alle drei, und die große Schwester – von ihr schien endgültig alle Angst abgefallen zu sein – lachte.

„Ich heiße übrigens Aisha", sagte sie, stellte die Drillinge vor und fragte Nepo, ob er wirklich Arne heiße.

„Nee, Nepomuk, aber alle sagen nur Nepo zu mir."

„Neeepoooo?"

„Nepo, nicht Neeeeeepooooooo."

„Nepo? Was ist das denn für ein Name??? Und woher kommst du eigentlich?"

„Zu Frage eins: Das ist ein cooler Name, so heiße nämlich nur ich."

„Das klingt wirklich cool. Aishas gibt es allein in meinem Jahrgang fünf."

„Wow. Und nun zu Frage zwei: aus Deutschland."

Nachdem er wie immer erklären musste, warum er so gut Schwedisch sprach, sagte sie:

„Und danke übrigens! Die drei sind ätzend."

„Wer, wir?", fragte ein Drilling.

„Nein, ihr seid nur verrückt. Ich meine die drei Jungs."

„Was wollten die eigentlich?", fragte Nepo.

„Ach, keine Ahnung, nerven."

Es schien so, als wollte Aisha nicht weiter darüber reden. Stattdessen fragte sie:

„Und du hast uns da also gesehen und gedacht, du tust jetzt mal so, als wärst du der Nachhilfelehrer meiner Schwestern."

„Ja."

„Und warum?"

„Weil ich den Eindruck hatte, du hattest, wie soll ich sagen …"

„Angst?"

„Ja, Angst."

Sie schien zu überlegen. Dann nickte sie.

„Ja, vielleicht hatte ich sogar ein bisschen Angst. Und du, du hattest keine Angst? Die drei hätten dich ja zusammenschlagen können. Oder machst du Karate oder so?"

„Nein, mach ich nicht. Und ja. Ich hatte Angst … aber keine Ahnung … ich …"

Plötzlich sagte eine Frauenstimme, die Nepo nicht unbekannt war:

„Was machst *du* denn hier?"

Alle, auch die Drillinge, die Nepo vollkommen vergessen hatte, drehten sich in die Richtung, aus der die Stimme gekommen war. Und dort stand die Mutter. Die Drillinge redeten alle durcheinander, und daraus, was Nepo verstand, erschloss er sich, dass die Drillinge Nepo gut zugehört hatten.

„Ihr kennt euch?", fragte Aisha.

Daraufhin erzählte die Mutter, wo und wie sie Nepo am selben Morgen kennengelernt hatte, und Nepo sagte:

„Ähem … ja … ich war wohl zu neugierig … ihr denkt jetzt bestimmt … ach keine Ahnung … sorry."

Alle lachten, und die Mutter winkte ab:

„Wahrscheinlich bist du der erste Mensch aus einem der Häuser, in denen ich putze, der sich für mich interessiert. Ich meine damit, wo ich wohne."

Die Mutter und Aisha lachten wieder, und Nepo fühlte sich wie eine Stunde zuvor erneut eigenartig leicht. Dann sprach Aisha auf Somali mit ihrer Mutter, und die Mutter wirkte nachdenklich, während sie zuhörte.

„Lasst uns gehen. Und du kommst mit, wenn du willst. Wer meine Töchter beschützt, der wird selbstverständlich zum Essen eingeladen", sagte sie.

„Also ...", begann Nepo, der sich fragte, ob er das wirklich wollte.

Eigentlich unbedingt. Allerdings war ihm mulmig beim Gedanken daran, dass er allein in der Wohnung mit einem Haufen Somalierinnen sein könnte. Aber vielleicht war Abdi ja da. Genau von dem sprach Aisha jetzt:

„Und sollte Abdi zu Hause sein, sagen wir ihm halt, was passiert ist, muss er ja eh wissen."

Das klang irgendwie geheimnisvoll. Aber Nepo war es recht. Einem großen Bruder irgendein Märchen aufzutischen, hielt er für keine gute Idee. Aisha und ihre Mutter schauten sich eine Weile an. Dann nickte auch die Mutter.

Sie wohnten in einem der zahlreichen Hochhäuser im zweiten Stock in einer Dreizimmerwohnung, die ungefähr so groß wie ihre Dachterrasse in Saltholmen war. Ein Wohnzimmer, in dem die Mutter mit den Drillingen auch schlief, Aishas Zimmer mit Balkon, in das Nepo einmal reingucken durfte, und ein Zimmer, aus dem lauter Rap dröhnte. Abdis Zimmer.

„Oha", sagte die Mutter, und Aisha:

„Je lauter die Musik, desto mehr grübelt er. Vielleicht gehst du besser."

„Nö", riefen die Drillinge gleichzeitig.

Nepo blieb und musste an einem kleinen Wohnzimmertisch alle möglichen „Kunstwerke" bewundern, die sie gemalt hatten, und auf dem Handy gefühlte fünfzig TikTok-Videos über sich ergehen lassen.

„Okay, ich schau mal, ob ich in der Küche helfen kann", sagte Nepo, der sich in dieser wuseligen Miniwohnung extrem wohlfühlte.

Er glaubte, noch nie in seinem Leben wen auch immer besucht zu haben, der nicht mindestens in einem Reihenhaus wohnte. Und er schämte sich, als ihm das bewusst wurde.

„Du wohnst also in Saltholmen? Zeigst du mir mal dein Haus?", fragte Aisha, kaum hatte er die Küche betreten.

Daraufhin sagte die Mutter etwas zu Aisha, und zwar auf Somali.

„War ein Witz", sagte Aisha.

Gerade wollte Nepo Aisha sagen, dass er nichts lieber täte, als mit ihr von der Dachterrasse aus den Sonnenuntergang anzuschauen – was war eigentlich los mit ihm? –, als mehrere Dinge gleichzeitig geschahen.

Die Drillinge schrien auf.

Ein Mann mit leicht ergrautem Haar war in der Küche aufgetaucht und schrie die Mutter auf Somali an.

Auch Aisha schrie auf und klammerte sich an … Nepo!

Die Mutter richtete die Spitze des Obstmessers, das sie in der Hand hielt, in Richtung des Mannes, der allerdings ein deutlich größeres Messer hatte.

Und dann – wie aus dem Nichts – stand auch ein Junge oder gar ein junger Mann in der Küche, der von der Statur her Nepo ähnlich war und sein gelocktes Haar schulterlang trug. Also ebenfalls wie Nepo.

Abdi.

Der Mann war zweifellos der Vater, von dem nicht gesprochen worden war.

Und in diesem Moment griff der Vater Abdi mit dem Messer an!

NEPO war wie gelähmt. Gern hätte er geholfen. Aber wie hätte er das tun sollen? Er hatte keinerlei Übung darin, wen auch immer zu entwaffnen. Letztendlich war das auch gar nicht nötig. Denn Abdi schien darin Übung zu haben. Das, was jetzt geschah, ging so blitzschnell, als hätte Abdi hunderte Male genau diesen Bewegungsablauf trainiert.

Er wich dem Stich aus. Gleichzeitig griff und drehte er die Hand des Vaters, die das Messer hielt, und er drehte die Hand so, dass der Vater aufschrie und das Messer losließ. Noch bevor das Messer auf dem Boden gelandet war, schlug Abdi seinem Vater mit der Faust in den Unterleib. Der Vater krümmte sich, woraufhin Abdi ihm von hinten in die Haare griff und ihn wieder hochzog. Mit dieser Aktion war der Kampf beendet. Abdi hatte gewonnen, und das sah auch der Vater so, der keine Anstalten machte, sich zu wehren.

Die Mutter schrie ihn auf Somali an, zeigte dabei immer wieder auf ihr Handy und drohte wahrscheinlich damit, die Polizei zu rufen. Der Mann, den Abdi inzwischen losgelassen hatte, machte mit gesenktem Kopf eine entschuldigende Geste. Dann verließ er die Wohnung, und Abdi ging, ohne Nepo eines Blickes gewürdigt oder sich mit seiner Mutter oder Schwester über den Vorfall unterhalten zu haben, wieder in sein Zimmer. Dort drehte er die Musik noch lauter, als sie eh schon gewesen war. Die Gefahr war vorüber, aber es war nicht so, dass Nepo wirklich glücklich darüber war. Denn Aisha, die sich tatsächlich die ganze Zeit an seinen Arm geklammert hatte, ließ ihn los.

„Lasst uns essen", sagte die Mutter, die trotz des wüsten Auftritts ihres Ex-Manns erstaunlich gefasst wirkte.

Während sie den Tisch deckten, erzählte Aisha von ihrem Vater:

„Weißt du, der ist in Schweden nie wirklich angekommen. Er hat auch nie Schwedisch gelernt. Am meisten Probleme hat er damit gehabt, dass hier in Schweden die Kinder mehr Rechte haben als die Eltern. Warum man seine Kinder in Schweden nicht anbrüllen oder am Arm ziehen darf, hat er zum Beispiel überhaupt nicht verstanden. In seinen Augen zeigt man auf diese Weise, dass einem die Kinder nicht egal sind. Dass man sie erziehen möchte. Und natürlich hat er sich nur mit somalischen Männern getroffen, die wie er ständig in die Moschee gegangen sind und einen Wettbewerb daraus gemacht haben, wer denn nun der tollste Muslim ist. Ja, und dann, ich war gerade elf geworden, war er plötzlich ganz weg. Zumindest einige Jahre lang. In Somalia. Aber auch dort ist er nicht mehr zurechtgekommen. Also ist er wieder zurückgekehrt und dachte, er könnte einfach wieder bei uns wohnen. Konnte er aber nicht. Leider kommt er aber manchmal vorbei, meistens wenn er total zugedröhnt ist, und schreit meine Mama an, weil er findet, sie würde uns alle nicht erziehen. Das mit dem Messer, das war allerdings neu. Und jetzt essen wir und reden nicht mehr von ihm."

Sie setzten sich, und die Drillinge holten gemeinsam Abdi. Und siehe da: Abdi konnte lächeln! Die Drillinge zeigten Abdi das Matheheft, und er erklärte ihnen auf Schwedisch die Aufgaben. Die Drillinge lachten, aber ob es von ihnen eine gute Idee war, ihm zu erklären, was im Restaurant geschehen war und lachend auf Nepo, der „keine Ahnung von Mathe" habe, zeigten, bezweifelte Nepo. Und Abdis versteinerter Blick verstärkte seinen Eindruck. Die Mutter erklärte Abdi daraufhin etwas auf

Somali, und Aisha ergänzte, ebenfalls auf Somali. Nepo verstand nur drei Namen: Ali, Mouhammed und Faris.

Abdi sah noch finsterer aus als zuvor. Jetzt schaute er zum ersten Mal Nepo an, und Nepo konnte seinen Blick nicht deuten. Hatte er etwa kurz gelächelt. Ja, Nepo glaubte, dass Abdi das getan hatte. Als wenn Abdi selbst gemerkt hätte, dass er Nepo freundlich angeguckt hatte, schüttelte er nun den Kopf und sah noch ernster aus als zuvor. Sein Blick wirkte auf Nepo wie eine Warnung. Dann nickte Abdi seiner Mutter und Aisha zu, und alle begannen zu essen, als hätte Abdi das Kommando dazu gegeben. Während des Essens übernahmen die Drillinge das Tischgespräch. Sie erzählten fröhlich von der Schule, und hin und wieder huschte Abdi ein Lächeln über die Lippen. Nach dem Essen sagte er zu Nepo:

„So, Zeit zu gehen. Ich bringe dich."

„Nach Hause?", fragte Nepo ehrlich überrascht.

„Zur Tram. Aber wir steigen nicht Vårväderstorget ein, sondern eine Station weiter."

„Also …", begann Nepo, dem es ungefähr achttausendmal lieber gewesen wäre, hätte Aisha angekündigt, ihn zur Tram zu bringen.

Aber das konnte er unmöglich vorschlagen, zumal er nicht wusste, ob Aisha das überhaupt wollte. Sie nickte Abdi zu und sagte etwas auf Somali, und das, was sie sagte, klang ziemlich giftig. Eher so, als wäre sie ganz und gar nicht mit Abdis Plan einverstanden. Abdi antwortete mit sehr ruhigem, aber entschiedenem Tonfall, und Aisha schüttelte den Kopf und sah wütend aus. Dann schaute sie einige Sekunden lang Nepo an, und nicht zum ersten Mal in den zurückliegenden Stunden stellte Nepo fest, wie unfassbar süß und hübsch sie war.

„Danke!", sagte sie zu Nepo.

Bevor er etwas erwidern konnte, hatte sie ihre Tür zugeknallt. Während die Mutter mit den Augen rollte – anscheinend war das nicht das erste Mal vorgekommen –, ging Abdi auf sein Zimmer und als er wiederkam, trug er einen weiten, schwarzen Kapuzenpulli.

„Komm jetzt", sagte er zu Nepo.

Die Mutter nickte Nepo zu und bedankte sich ebenfalls, die Drillinge drückten ihn eine nach der anderen an sich, dann verließen Nepo und Abdi die Wohnung. Weit kamen sie allerdings nicht. Denn im Erdgeschoss stand eine ältere Frau, die auf den Fahrstuhl wartete.

„Abdi", krächzte sie.

Abdi grüßte sie freundlich, dann bekam er ihr Handy gereicht.

„Wieder ein Problem?"

Sie nickte und zeigte ihm etwas auf dem Handy. Da sie Somali sprachen, hatte Nepo keine Ahnung, worum es ging, aber offensichtlich funktionierte etwas nicht. Abdi löste das Problem sofort, die Frau umarmte ihn und nahm den Fahrstuhl, während sie das Treppenhaus verließen.

Nepo war wieder übel. Was würde jetzt geschehen? Würde ihm der Bruder die Kehle aufschlitzen, weil sich Nepo an seine Schwester rangemacht hatte, was nicht stimmte? Auf der Straße begann Abdi zu reden, und es klang nicht so, als würde er ihm die Kehle aufschlitzen wollen. Er sagte:

„Hör zu, das hier ist nicht deine Gegend. Bleib du mal schön in Saltholmen. Und auf deinem Gymnasium mit all den anderen reichen, weißen Kids. Das ist besser für dich, glaub mir einfach."

Abdi drehte sich, während sie mit zügigen Schritten an Hochhäusern vorbei in Richtung der nächsten Tramstation gingen, ständig um. Als würde er unter Verfolgungswahn leiden. Oder als würde er wirklich manchmal verfolgt werden ... Nepo sagte nichts, und das war auch nicht nötig. Denn Abdi sprach weiter.

„Was du da getan hast, das war nicht mutig von dir. Das war leichtsinnig. Naiv. Größenwahnsinnig. Fast schon krank. Geisteskrank. Und du bist doch nicht geisteskrank, oder?"

Nun ist aber mal gut, dachte Nepo, der aber immerhin so etwas wie ehrliche Sorge in Abdis Stimme zu erkennen glaubte.

„Nein, ich denke nicht, dass ich geisteskrank bin", antwortete er.

„Die drei Jungs, vor allem Ali und Mouhammed, die sind gefährlich, okay? Die wollen nichts von meinen Schwestern. Die wollen was von mir. Aber die Harkimis haben tatsächlich so etwas wie einen Ehrenkodex. Frauen und Kindern tun sie nichts. Abgesehen davon kennen sie allerdings keine Grenzen. Gar keine. Und du bist nun mal weder eine Frau noch ein Kind. Wenn die herausfinden, dass du sie verarscht hast, und das hast du ja nun mal, dann ..."

Abdi sprach nicht weiter.

„Dann?"

„Dann werden sie dir und vielleicht auch deiner Familie das Leben zur Hölle machen. Erpressen. Steine ins Fenster werfen. Das Auto deiner Eltern anzünden. Vielleicht wirst du mal auf dem Schulweg ... angesprochen. Die lassen sich nicht von so einem dahergelaufenen weißen Reichenkind verarschen. Und in diesem Punkt verstehe ich sie. Würde ich mir auch nicht bieten lassen. Das hat auch was mit Ehre zu tun. Die wollen respektiert werden, und wenn sich die Sache mit der Nachhilfe rumspricht, werden sie ausgelacht."

Nepo, bei dem das Gefühl der Übelkeit gerade erst nachgelassen hatte, wurde wieder übel. Wenn sie ihn verprügeln würden, okay. Wäre echt scheiße, aber wäre dann halt so. Obwohl er in Wahrheit keine Ahnung hatte, wie sich das wirklich anfühlte. Aber wenn seine Eltern etwas abbekommen würden, nur weil Nepo den Helden hatte spielen wollen? Um einem bildhübschen Mädchen zu imponieren? Das wäre nichts anderes als eine Vollkatastrophe.

„Biskopsgården ist okay. War schlimmer vor ein paar Jahren. Aber eins darf man noch immer nicht: sich mit den falschen Leuten anlegen. Und wenn man sich einfach raushält aus dem ganzen Bandenkram, dann passiert einem in der Regel auch nichts. Und genau das hast du *nicht* getan."

Fest stand: Abdi hatte irgendetwas mit diesem „ganzen Bandenkram" zu tun. Aber was, wusste Nepo nicht.

„Ich meine, konnte ich ja nicht wissen ..."

„Konntest du nicht, nein. In Saltholmen haben sich ja auch alle lieb."

Es hätte kaum verächtlicher klingen können.

„Aber *jetzt* weißt du es", fügte Abdi hinzu.

Inzwischen standen sie an der Tramstation. Zwei somalischen Jungs, die wahrscheinlich wie Aisha und die Drillinge in Schweden geboren und Schweden waren, gab er den Faust-Check oder wie auch immer man diese Art der Begrüßung nannte. Auf ein Nicken Abdis hin verabschiedeten sie sich und unterhielten sich einige Meter weiter.

Die 6 fuhr ein.

„Sollte ich von wem auch immer was über dich gefragt werden, sage ich, dass du wirklich der Nachhilfelehrer warst. Dass du aber keine Ahnung von Mathe hattest."

Was stimmte.

„Und dass meine Schwestern dich nicht mochten."

Was nicht stimmte.

„Okay, und jetzt steig ein. Lass dich hier nicht mehr blicken. Ich werde dich nicht beschützen können. Und glaub mir, ich meine es gut mit dir."

Daran zweifelte Nepo nicht. Er schämte sich sogar dafür, dass er gedacht hatte, Abdi könnte ihm die Kehle aufschlitzen. Sie nickten sich zu, dann stieg Nepo in die Tram.

Was für ein Tag!

Erst gestern hatte sich Leonie getrennt. Hatte er sich heute etwa schon in ein anderes Mädchen verliebt? Das war doch unmöglich, oder? Nepo atmete langsam ein und aus. Er dachte an Aisha, wie sie lächelte, wie sie lachte, an den Klang ihrer Stimme, an die ersten Worte, die sie zu ihm gesagt hatte, an ihren Blick, bevor sie die Tür zugeknallt hatte. Würde er sie jemals wiedersehen? Er musste!!! Das konnte es doch nicht gewesen sein. Aber durfte er? Nein!!! Denn unter keinen Umständen hatte er das Recht dazu, seine Eltern in Gefahr zu bringen. Vor allem nicht nach einer Warnung, die nicht deutlicher hätte ausfallen können. Nepo kam sich vor, als hüllte ihn eine dunkle Wolke ein. Er hatte sich nicht nur in Aisha verliebt, sondern auch in die kleine Wohnung. Ins Essen. Ein bisschen auch in die Drillinge. Und hatte er jemals jemanden kennengelernt, der auch nur annähernd so viel Souveränität ausgestrahlt hatte wie Abdi, der auch nicht viel älter war als er selbst? Auch das Restaurant hatte er gemocht. Die Gegend um den Vårväderstorget war wahrscheinlich manchmal gefährlich, aber vor allem war es dort herrlich bunt. Und nun hatte Abdi ihm so eine Art Platzverbot erteilt. Wenn Aisha und er doch bloß direkt im Restaurant Nummern ausgetauscht hätten. Dann könnten sie sich zumindest heimlich schreiben. Irgendwie war er sich sicher, dass auch sie ihn gemocht hatte. Ihr einen klassischen Brief schreiben? Nein, unmöglich. Weder kannte er die Adresse, und selbst wenn er mithilfe von Google Maps die Adresse herausfinden sollte, dann kannte er nicht den Nachnamen. Aber nächste Woche würde ja Aishas Mutter wiederkommen! Das war nicht nur eine Chance, das war *die* Chance. Denn so, wie er sie kennengelernt hatte, würde sie mit ihm über das, was geschehen war, reden. Und vielleicht könnte sie Aisha Grüße ausrichten …

Als er nach Hause kam, ging er direkt auf die Dachterrasse, wo seine Eltern waren. Ja, die Dachterrasse war wirklich mindestens so groß wie die Wohnung von Aisha, in der sie mit vier weiteren Geschwistern und ihrer Mutter lebte.

„Wo warst du denn?", fragte seine Mutter.

„In der Stadt."

„Und geht es dir besser?", fragte sein Vater.

„Ja klar, sonst wäre ich ja nicht in der Stadt gewesen."

„Hast du schon gegessen?", fragte seine Mutter.

„Bei McDonalds."

„Dann geht es ihm wirklich besser", sagte sein Vater und lachte.

Inzwischen hatte sich auch Nepo gesetzt. Auf die Hollywoodschaukel. Wie gern würde er mit Aisha hier sitzen und sich ihre Geschichten anhören über eine Welt, die ihm noch Stunden zuvor so fremd gewesen war.

„Die neue Putzfrau war echt nett", sagte Nepo.

„Ja, fanden wir auch. Und sie hat super geputzt. Deshalb ist es ja so schade, dass sie gerade angerufen und gesagt hat, dass sie den Job leider nicht annehmen kann. Saltholmen ist einfach zu weit weg."

MEHRERE Tage waren vergangen, aber Aisha vergessen, das konnte Nepo nicht. Es war unglaublich: Ein einziger Nachmittag hatte ausgereicht, um sich in sie zu verlieben. Also in ein schwarzes Mädchen, das in einem Hochhaus in Biskopsgården wohnte. Dessen Eltern nicht im Management bei Volvo oder AstraZeneca arbeiteten, sondern arbeitslos waren oder ihr Geld als Putz- und Küchenhilfe verdienten und dessen Bruder etwas mit einer Gang zu tun hatte.

Aisha … die er nicht wiedersehen durfte?! Aber er *wollte* sie wiedersehen, verdammt noch mal! Was könnte er also tun? Sich zum Beispiel die Haare abschneiden, blau färben und dann nach Biskopsgården fahren? Warum eigentlich nicht? Fest stand: Er musste mindestens noch *ein* weiteres Mal mit Aisha sprechen. Vielleicht war der Zauber des ersten Augenblicks ja vorbei.

„Hey, seit Tagen träumst du nur noch. Was ist los mit dir?", fragte Louis, mit dem er wie jeden Freitag nach der Schule auf dem Pausenhof herumstand.

„Nichts", sagte Nepo gereizt.

Er hatte niemandem von seinem Nachmittag in Biskopsgården erzählt. Auch Louis nicht. Und solange er überhaupt nicht wusste, wie er sich verhalten sollte, hatte er auch keine Lust dazu. Außerdem hatte er keine Ahnung, wie er einem weißen Volvo-Manager-Kind erklären sollte, dass er sich in eine schwarze Putzfrauentochter verliebt hatte. Wieder fragte er sich: Hatte er das wirklich? War so was wie Liebe auf dem ersten Blick möglich? Ja … irgendwie schon. Das zeigte auch seine Reaktion auf Leonies Nachricht:

Nepo … ich glaube, ich liebe dich immer noch!!!!!

54

Am Ende der Nachricht ungefähr zwanzig Herzen. Er dazu:

Sorry, aber ich liebe dich nicht mehr.

Was für ein Gefühlschaos:

An einem Tag war er traurig, weil ihn seine Freundin, von der alle gesagt haben, dass sie gut zu ihm passen würde, verlassen hat.

Am nächsten Tag verliebte er sich in ein Mädchen, von dem vermutlich niemand sagen würde, dass sie gut zu ihm passt.

Gleichzeitig plagte ihn ein schlechtes Gewissen, weil Aishas Mutter wegen seiner Verfolgungsaktion gekündigt hatte und Abdi deshalb noch mehr Drogen oder was auch immer verkaufen oder wen auch immer berauben musste. Und weil er seine Eltern in Gefahr bringen würde oder vielleicht schon gebracht hatte.

„NEPO!!!"

Nepo zuckte zusammen. Wer hatte ihn da so von der Seite angebrüllt? Ach so, Louis, der einen Schluck Red Bull trank.

„Ist irgendetwas mit dir? Du hast an den letzten Tagen nicht nur wie immer in Mathe und Physik geträumt, sondern auch in Französisch und Englisch."

Okay, er musste wohl irgendetwas sagen. Aber was? Vielleicht das:

„Ich war ja am Montag krank. Geht mir wahrscheinlich noch immer nicht so gut."

Plötzlich stand auch Ken bei ihnen und wirkte wie fast immer total aufgedreht.

„Heute Abend Party bei Harald. Seid ihr dabei?", fragte er Nepo und Louis.

Harald – in Schweden konnte man mit achtzehn tatsächlich so heißen – ging in die schwedische Sektion ihrer Schule, auf der aber alles auf Englisch unterrichtet wurde. Nur machten die Schüler dort ein schwedisches und kein internationales Abitur. Harald gehörte zur Clique, mit der Ken genauso oft herumstand wie mit Louis und Nepo. Die Clique bestand aus Jungs, die aussahen wie aus einem Katalog: blondes, eher kurzes Haar, groß, blauäugig, Markenklamotten Preisklasse Tommy Hilfiger aufwärts. Zur Clique gehörten aber auch einige Katalog-Schwedinnen, die im Unterschied zu den Jungs vermutlich jeden Morgen eine halbe Stunde vor dem Spiegel verbrachten. Nepo hatte nie verstanden, warum in dieser Clique alle von Kens Englisch profitierten, anstatt dass Ken versuchte, sein grottiges Schwedisch ein bisschen aufzupolieren. Aber vielleicht lag das ja auch an Judy, die aus Boston kam und kein Wort Schwedisch sprach. Sie hatte schwarzes Haar, meistens zum Pferdeschwanz gebunden, sah im Gegensatz zu den Schwedinnen nicht ganz so laufstegmäßig aus – sie war fast ein bisschen pummelig und trug trotzdem immer extrem kurze Miniröcke – und hatte ungefähr eine Million Sommersprossen im Gesicht. Allerdings stand auch sie morgens mindestens eine halbe Stunde vor dem Spiegel. Sie wohnte in Askim, ein weit entfernt liegender, zu Göteborg gehörender Ort direkt am Meer, und wurde nicht von ihren Eltern zur Schule gefahren: Denn sie hatte ein eigenes Auto, einen „kleinen" Mercedes. Obwohl man ihr natürlich das Elternhaus allein durch dieses Auto ansah, wirkte sie in ihrem Auftreten ungewöhnlich natürlich. Sie hatte einige Male mit Nepo ins Kino gehen wollen, und zwar allein, was Nepo verunsichert hatte. Er hatte immer abgesagt. Auch weil er keine Lust gehabt hatte, Leonie erzählen zu müssen, dass er mit einem anderen Mädchen im Kino gewesen war. Jetzt schaute Judy in seine Richtung und lächelte ihn an. Er lächelte zurück.

„Kommt doch mit!", sagte Ken, und zu Nepo: „Das ist doch deine Chance."

„Was meinst du?"

„Hat dich nicht Leonie verlassen."

„Ja."

„Da wäre es ja vielleicht nett für dich, wenn dich jemand tröstet. Und Judy macht das bestimmt gern."

Wieder lachte er, als sei er auf Drogen. Witzigerweise fing er genau in diesem Augenblick an davon zu sprechen.

„So, ich muss dann mal los. Nachschub besorgen."

„Nachschub?", fragte Louis mit einem Tonfall, als wüsste er wirklich nicht, wovon Ken sprach.

„Ja, für heute Abend. Zwanzig Pillen."

„Pillen?", sagte Louis und sah ungewöhnlich ernst aus.

Nepo, der wusste, dass Ken auch mal gern irgendwelche Pillen schluckte, wunderte sich. Hatte Louis bisher immer weggehört, wenn Ken von seinen Wochenenden erzählt hatte? Und fand er es wirklich *so* schlimm, dass er ihn noch immer *so* ernst anschauen musste?

Nepo war vollkommen egal, wie und wann sich Ken zudröhnte. Ihn selbst interessierten Pillen und alles, was man rauchen oder sich spritzen musste, aber absolut nicht. Was trinken, das fand er wiederum hin und wieder okay. Allerdings hatte er immer nur so viel getrunken, dass er ein bisschen angeheitert gewesen war. Warum man so viel trinken musste, dass man sich auf irgendeiner Party ab Mitternacht nur noch übergab, war Nepo stets ein Rätsel gewesen. Ihm würde das jedenfalls nie passieren. Das hatte ja auch etwas mit Selbstdisziplin zu tun. Und selbstdiszipliniert, das war Nepo. Louis auch. Ken eher nicht so.

„Entspann dich, ich gebe dir gern eine Tablette ab. Das täte dir gut", sagte Ken, und ohne eine Reaktion abzuwarten, nickte er in Richtung eines … schwarzen … Jungen, der vor der Schule stand und mit seinem Handy beschäftigt war.

„Da ist er ja, ich muss dann mal los", sagte er.

Der Junge war höchstens zwölf, trug Turnschuhe, Shorts, ein Trikot und ein Cappy. So wie er da stand, sah er vollkommen harmlos aus.

„*Der* vertickt hier Drogen direkt vor der Schule?", fragte Louis, der eine weitere Dose Red Bull öffnete und einen langen Zug nahm.

„Nein, der sagt mir nur, wo ich hinmuss. Meistens in den Park neben der Schule. Und wer sagt denn was von Drogen. Ein bisschen Ecstasy hat nun wirklich noch niemandem geschadet. Genau …" – er zeigte auf Louis' Dose – „… wie Red Bull."

Der Park, von dem Ken gesprochen hatte, war eine kleine, hügelige Grünanlage mit Spielplatz. Auf der einen Seite befand sich ein Gebäude der Universität, auf der anderen ihre Schule. Inzwischen stand Ken bei dem Jungen, der ihm etwas sagte und sich dann, als wenn nichts geschehen wäre, weiter mit seinem Handy beschäftigte.

„Ich schau mal, was Ken so macht", sagte Nepo.

„Fängst du jetzt etwa auch an?"

„Nein, aber ich würde gern wissen, wohin er geht."

„Willst du ihn also verfolgen?"

Während Nepo nickte, wurde ihm klar, dass er innerhalb kurzer Zeit zum zweiten Mal jemanden verfolgen würde. Er wollte also etwas tun, worauf er in seinen ersten fast achtzehn Lebensjahren nie Lust gehabt oder worüber er nie ernsthaft nachgedacht hatte.

„Na dann viel Spaß. Kommst du morgen und guckst mit beim Handball zu?"

„Klar", sagte Nepo.

Ajala spielte Handball, und am Wochenende guckten Louis und Nepo oft bei ihren Punktspielen zu. Das war ziemlich lustig, weil sie sich vor allem über die Handball-Mädchen unterhielten und Rankings – die längsten Beine, die geilsten Titten, der schönste Mund usw. – erstellten.

Nachdem sie sich verabschiedet hatten, ging Nepo in die Richtung, die Ken eingeschlagen hatte. Er sah gerade noch, wie er den Park betrat. Eine Minute später war auch Nepo im Park und beobachtete von weitem, wie Louis etwas von einem anderen schwarzen Jungen, ebenfalls ungefähr zwölf, höchstens dreizehn Jahre alt, in die Hand gedrückt bekam. Dann trennten sie sich, und Louis drehte sich zum Glück nicht um, sondern ging weiter. Sonst hätte er Nepo gesehen.

Nepo dachte nicht lange darüber nach: Er folgte dem Jungen! Und der blieb ungefähr fünfzig Meter weiter bei einer Bank stehen, auf der ein deutlich älterer schwarzer, lockiger Junge mit schwarzem Kapuzenpulli saß.

Abdi.

ALS Nepo in der Tram saß, war sein Kopf vollkommen leer und gleichzeitig voll mit tausend Gedanken. Er brauchte dringend Ablenkung. Also schrieb er an Ken:

Ich komme mit zur Party!

Ken antwortete sofort, nannte die Adresse und schickte einen Daumen hoch. Nepo nahm sich vor, ein paar Bier zu trinken und ein bisschen mit Judy rumzumachen, sollte sie wirklich wollen. Und wenn er am folgenden Tag aufwachte, hätte er Aisha und Abdi ja vielleicht vergessen.

„Papa, ich brauche Bier", sagte er beim Abendessen.

„Du brauchst Bier?"

„Ja."

In Schweden waren alle Schüler und selbst Studenten in den ersten Semestern oft gezwungen, ihre Eltern oder großen Brüder um Alkohol anzubetteln. Denn Alkohol bekam man, wenn man sich nicht mit 3,5%-Supermarktbier zufriedengab, nur in Alkoholläden, die Systembolaget hießen. Das war ziemlich ätzend. Und wenn man nicht mindestens wie fünfundzwanzig aussah, wurde auch hartnäckig nach dem Ausweis gefragt.

„Und warum, wenn ich fragen darf?"

„Weil ich heute Abend auf eine Party gehe. Und es wäre auch nicht schlecht, wenn du mich hinfährst."

„So so. Und wohin soll ich dich fahren."

„Nach Kullavik."

„Nach Kullavik?"

„Ja. Bist du eigentlich ein bisschen schwerhörig heute?"

„Nein, aber erst willst du Bier haben, und dann soll ich dich nach ... Kullavik fahren."

Sein Vater öffnete auf seinem Handy Google Maps und seufzte:

„Okay ... zwanzig Kilometer, das geht ja. Und abholen soll ich dich natürlich auch?"

„Natürlich. Um drei, wenn es dir passt."

„Könnte mir nicht besser passen."

Sein Vater seufzte wieder, aber gleichzeitig lächelte er. Es war das ganze letzte Jahr so gewesen, dass seine Eltern ihm immer das Gefühl gegeben hatten, glücklich zu sein, wenn er glücklich war. Bevor sie losfuhren, sagte seine Mutter:

„Trink nicht so viel, okay?"

„Nein, nur ein bisschen."

Und das war auch wirklich sein Plan. Aber es sollte schon so viel sein, dass er den Alkohol spürte.

„Und drei Uhr ist vielleicht ja doch ein bisschen spät, oder?", sagte sie und ergänzte, da weder Nepo noch sein Vater reagiert hatten: „Papa kann doch nicht die ganze Nacht aufbleiben."

„Doch, das ist kein Problem für mich. Dann habe ich endlich mal Zeit, ein paar Filme auf Netflix zu schauen, die ich schon lange sehen wollte."

Nepo lachte, während seine Mutter den Kopf schüttelte und abwinkte, wie um zu sagen, dass man mit den beiden nicht diskutieren könne.

Eine halbe Stunde später fuhren sie los, hörten laut Rolling Stones und Queen, und Nepo war sich sicher, dass sein Vater mindestens genauso gut gelaunt war wie er selbst. Harald wohnte in einer Siedlung mit grotesk großen Häusern mit grotesk großen Doppelgaragen für die in der Regel grotesk großen Autos, und diese Häuser lagen an ultraengen, verschnörkelten Straßen. Wer sich ein solch idiotisches Siedlungskonzept wohl ausgedacht

61

hatte? An diesem Abend war das Problem, dass fast alle Gäste von einem Elternteil gebracht wurden oder eben, wenn sie volljährig waren, mit einem eigenen Auto kamen. Denn mit öffentlichem Nahverkehr war die Siedlung praktisch nicht erreichbar. Als sein Vater immer genervter wurde, weil er ständig bremsen und oft wieder ein Stück zurückfahren musste und plötzlich vollkommen eingekeilt war, sagte Nepo:

„Alles gut. Ich gehe den Rest zu Fuß. Laut Navi sind es nur noch siebenhundertfünfzig Meter."

„Weißt du, das ist eine gute Idee, glaube ich. Wenn ich nichts von dir höre, dann hole ich dich um drei ab, okay?"

„Okay."

Im Rucksack hatte er sechs Dosen Bier à 0,5 Liter. Das war für ihn viel zu viel. Denn nach anderthalb Litern war er so angeheitert, dass es gerade noch lustig war, und mehr hatte er noch nie getrunken und beabsichtigte es auch heute nicht zu tun. Aber er fand, dass er sich auf den verbleibenden fünfhundert Metern ruhig schon mal das erste Bier gönnen durfte. Die wenigen Partygäste, die er abgesehen von Ken kennen würde, waren ihm mit ihren Hochglanzhandys und ihrem Klamottenfimmel eher unsympathisch. Da war es doch eine gute Idee, etwas vorzuglühen. Er öffnete eine Dose, blieb stehen … und trank sie in einem Zug. Das tat gut. Sollte er nicht gleich noch ein Bier hinterherschütten? Warum eigentlich nicht? Auch das zweite Bier trank er auf ex. Und es tat noch besser als das erste! Er spürte den angenehmen Effekt des Alkohols direkt, und leicht wankend legte er die letzten paar hundert Meter zurück.

Die Tür stand offen. Vermutlich, weil momentan noch viele ankamen und im Flur eh immer irgendwer herumstand. Das war auch jetzt der Fall, und einer von ihnen war Ken.

„Nepo!", rief er.

Er strahlte ihn an und stellte ihn binnen weniger Minuten ungefähr einem Dutzend Mädchen und Jungs vor, alle zwischen siebzehn und zwanzig. Niemand von ihnen sah aus, als käme er aus Biskopsgården oder als würde er nicht sofort das Weite suchen, sollte er versehentlich am Vårväderstorget aussteigen. Aber letztendlich hatte das Nepo ja auch nicht getan, obwohl das zuvor gewiss auch alle von ihm gedacht hätten.

Die meisten hatten sich im Wohnzimmer verteilt, wo sie auf Sofas, Sesseln, Stühlen oder auf dem Parkettboden saßen. Fast alle hatten in der einen Hand ein Handy und in der anderen ein Getränk. Nepo merkte schon nach wenigen Minuten, dass er zu wenig getrunken hatte. Denn er fand es öde. Richtig öde. Deshalb schaute auch er auf sein Handy. Mist, erst neun. Wie sollte er es hier noch sechs Stunden aushalten?

„Spielst du mit?", fragte Ken in diesem Augenblick.

„Wobei?"

„Bierpong."

„Okay."

Im Garten stand ungefähr ein Dutzend Mädchen und Jungs um ein Bierpongfeld. Das erste Mal seit Partyankunft musste Nepo lächeln. Er hatte bisher nur zweimal bei einer Partie Bierpong mitgespielt. Das eine Mal waren die Becher auf einem länglichen Tisch, das andere Mal auf eine Tischtennisplatte gestellt worden, und immer brav in einem Dreieck wie zu Beginn einer Partie Billard. Nun standen die Becher auf einem golfplatzmäßig gemähten Rasen vor den Füßen der jeweiligen Teams. Allerdings waren die Becher noch leer.

„Mist, hab alles. Wodka, Red Bull, Whiskey, Champagner, normalen Sekt, aber das Bier war schon um halb neun alle", sagte Harald.

„Dann Champagner!", rief jemand.

„Nee ... das Spiel heißt ja nun Bierpong. Und nicht Champagnerpong", rief ein anderer.

„Wartet!", sagte Nepo und holte aus seinem Rucksack, den er noch nicht abgesetzt hatte, die restlichen vier Dosen und damit zwei Liter Bier heraus.

Die Teams applaudierten, während er das Bier in die jeweils zehn Becher aufteilte.

„Und in welchem Team spiele ich?", fragte Nepo.

„Bei uns natürlich!", sagte ... Judy, die *noch* geschminkter und deren Rock *noch* kürzer als üblich war.

Sie strahlte ihn an, nahm seine Hand und zog ihn in ihr Team.

„Wir brauchen noch einen Teamnamen", sagte jemand.

„Wir sind die Tigers", sagte Nepo, und in seinem Team jubelten alle.

„Und wir", fragte Ken, der im anderen Team war.

„Die Harkimis", sagte Nepo mehr zu sich selbst als zu den anderen.

„Die was?", fragte jemand aus Kens Team.

„Die Sharks", sagte Nepo.

„Ja, cool! Heute ist mein Geburtstag, und ich bestimme: Wir sind die Sharks, und jetzt geht es endlich los. Ich werfe den ersten Ball", sagte Harald.

Gesagt, getan, getroffen.

„Ich!", sagte Nepo, bevor sich die Tigers darauf einigen konnten, wer den ersten Becher austrinken durfte.

Auch den Becher stürzte er wie die beiden Dosen auf dem Hinweg herunter, und wieder wurde applaudiert, und der Applaus wollte am Ende des Spiels gar nicht mehr aufhören, weil Nepo seine Hälfte allein leergetrunken hatte. Er fühlte sich blendend und war sich zu hundert Prozent sicher, eine eventuelle Wahl zum Partykönig haushoch zu gewinnen.

Sie gingen wieder in den Wohnbereich, wo zu irgendeiner Spotifyliste fröhlich zu Popmusik getanzt wurde. Da aber seine Musik nicht gespielt wurde, trank er noch ein Glas Champagner, und dann noch eins, setzte sich anschließend aufs Sofa und beobachtete die anderen. Das waren zum überwiegenden Teil seine Jahrgangskameraden, mit denen er aber im Schulalltag praktisch nichts zu tun hatte.

Plötzlich war ihm heiß. Und zugleich eiskalt. Sowas hatte er noch nie erlebt. Zwei Jungs kamen auf ihn zu. Zwei Kens! Nee ... war doch nur einer. So eine Scheiße ... er sah doppelt. Und er hatte das beschissene Gefühl, auf dem Sofa nicht sitzen zu können, ohne sich irgendwo festzuhalten. Sollte er versuchen, das Klo zu finden und sich dort den Finger in den Hals stecken? Darauf hatte er zwar keinen Bock, aber vielleicht ginge es ihm anschließend ja besser. Ken sagte etwas zu ihm. Nepo verstand ihn erst, als er es ihm langsam Wort für Wort ins Ohr sagte:

„Willst – du – eine – Tablette?"

Nepo schüttelte den Kopf. Nee. Das wollte er nun wirklich nicht. Denn er kämpfte gerade mit den Folgen seines legalen Drogenkonsums. Irgendwer saß neben ihm und legte den Kopf auf seine Schulter.

Judy!

Judy war okay ... aber wenn eine Fee vorbeigekommen wäre und er einen Wunsch frei gehabt hätte, hätte er sich Aisha gewünscht. Mist. Er wollte doch nicht an Aisha denken. Vielleicht sollte er wirklich mit Judy ... ja ... und sie wollte auch ... denn sie nahm seinen Kopf in die Hände und drückte ihre knallrot geschminkten Lippen auf seine, und das, wovon vermutlich neunzig Prozent aller Siebzehnjährigen träumten, fühlte sich einfach nur falsch an. Jetzt öffneten sich ihre Lippen und die Zunge, die sich in seinen Mund wie eine Weinbergschnecke schob und auch so anfühlte, löste von einer Sekunde auf die andere einen heftigen Brechreiz aus.

ALS Nepo aufwachte, begriff er erst nach einigen Sekunden, dass er in seinem eigenen Zimmer war.

Sein Kopf dröhnte. Als ob ein Gegenstand gegen sein Gehirn drückte. Vielleicht fühlte es sich ja so an, wenn man einen Gehirntumor hatte. Und übel war ihm auch. Wann würde er wohl wieder essen können? Und was war verdammt noch mal passiert, dass er im Bett lag und sich so grottenelend fühlte? Ach ja … er war auf der Party gewesen. Und Judy hatte versucht, ihn zu küssen. Den Kuss, den sie bekommen hatte, würde sie wahrscheinlich nie vergessen.

Er schaute auf sein Handy. Viertel nach elf. Und siebenundsechzig Nachrichten auf WhatsApp. Von Judy:

Das war das Ekligste,
was mir je passiert ist (+ ein Dutzend Kotz-Emojis).

Und:

Du hast mir in den Mund
gekotzt!!!!!!!!!!!!! (+ drei Dutzend Kotz-Emojis)

Dann viele Nachrichten à la *Cool!!!!*, *Partykönig!!!* (hatte er ja geahnt, dass er die Wahl gewinnen würde) oder *Du hättest Eintritt nehmen sollen*. Von Harald hatte er auch eine Nachricht:

Nächstes Mal bitte woanders kotzen.

Auch Louis hatte sich gemeldet:

Wenn du jetzt zu den Coolen gehörst,
okay. Wenn nicht, heute um vier Handball.

67

Louis war der Erste, dem er antwortete:

Bin dabei!

Nach kurzem Zögern schrieb er Judy:

Sorry.

Nepo stand auf, duschte kalt und lang, dann traute er sich auf die Dachterrasse, wo seine Eltern unter einem Sonnenschirm am Tisch saßen und arbeiteten. Seine Mutter warf ihm einen verärgerten Blick zu. Dann schaute sie wieder auf ihren Laptop. Sein Vater wiederum grinste ihn an.

„Das – ist – nicht – witzig!", fauchte seine Mutter.

„Ich meine, wenn das jetzt jede Woche passiert, dann wäre das nicht witzig. Aber du warst ja auch nicht dabei, wie textsicher Nepo auf der Rückfahrt ein Rolling-Stones-Lied nach dem anderen gesungen hat."

Er lachte, seine Mutter schüttelte erneut den Kopf, und Nepo wusste nicht, was er sagen sollte.

„Hast du Hunger?", fragte seine Mutter, ohne ihn anzusehen.

„Nein."

„Dachte ich mir."

„Du weißt ja, wo die Kopfschmerztabletten sind. Ich empfehle zwei Tabletten Paracetamol", sagte sein Vater.

„Hörst du jetzt auf, dieses Gesaufe total zu verharmlosen", sagte seine Mutter.

„Tu ich doch nicht, sonst würde ich ja keine Schmerztabletten empfehlen."

Während seine Eltern zu streiten begannen, was praktisch nie vorkam, suchte und fand Nepo die Schachtel mit den Paracetamol. Er schluckte zwei Tabletten, die er mit Cola runterspülte, und eine halbe Stunde später ging es ihm deutlich besser.

Bis drei ernährte er sich vor allem von Cola und Knäckebrot, dann fuhr er los. Das Erste, was er Louis sagte, als sie sich um kurz vor vier vor der Halle trafen, war:

„Keine Sorge, bin kein Partylöwe geworden."

Louis sah erleichtert aus, und gemeinsam gingen sie in die Halle, die in der Nähe ihrer Schule war. Ajala kam kurz zu ihnen auf den ziemlich leeren Rang – es guckten quasi nur Eltern zu – und küsste Louis so wild, dass Nepo fast wieder schlecht wurde.

„Gegen wen spielt ihr denn eigentlich?", fragte Nepo, damit die beiden aufhörten zu knutschen.

„Gegen eine Mannschaft aus … hab ich vergessen."

„So so."

Dann nickte sie wie jemand, dem plötzlich etwas eingefallen ist. Sie sagte:

„Aus Biskopsgården, ja, so heißt das, glaube ich. Keine Ahnung, wo das ist."

Aber Nepo wusste es. Bevor er etwas dazu sagen konnte, betraten die ersten Spielerinnen die Halle, und Louis' Freundin verabschiedete sich. Im Team aus Biskopsgården waren, was Nepo nicht überraschte, zwei arabisch aussehende und drei schwarze Spielerinnen.

Eine davon war Aisha.

„DU bist gerade oft seltsam", sagte Louis, als das Spiel begann.

„Warum? Wegen der Party? Ist ja nicht so, dass ich vorher nie gefeiert hätte."

„Nee ... daran habe ich nicht gedacht."

„Woran denn?"

„Daran, dass du die ganze Zeit dieses Mädchen da anglotzt", sagte er und zeigte auf Aisha.

In diesem Moment bekam sie den Ball und lief prellend um ihre Gegnerinnen herum. Wie klein war Göteborg eigentlich? Gestern hatte er Abdi getroffen beziehungsweise gesehen, heute Aisha ... War das, was im türkischen Restaurant begonnen hatte, vielleicht doch so etwas wie der Beginn von was auch immer? Der Beginn einer Freundschaft? Oder mehr?

„Mann, du hörst ja überhaupt nicht auf, sie anzuglotzen. Stehst du jetzt plötzlich auf Schwarze?", fragte Louis und lachte.

Nepo sagte nichts.

„Kannst du ruhig zugeben. Ich meine, ich stehe ja nun offensichtlich auf Inderinnen", sagte Louis und lachte wieder.

Nepo sagte nichts.

„Was denn nun?", fragte Louis.

„Was soll sein?"

„Ahh, cool, du lebst immerhin noch. Meine Frage war: Stehst du auf Schwarze?"

„Du weißt schon, dass man Farbige sagen muss?"

„Nee, du bist zwar ein Sprachgenie, aber das bedeutet offensichtlich nur, dass du irgendwie schnell eine Sprache lernst. Aber von Sprache selbst hast du keine Ahnung. *Farbige* ist rassistisch. Das bedeutet nämlich, dass man eben nicht weiß ist, als wäre das die einzige gültige

Hautfarbe, während alle anderen in einen Topf geworfen werden. *Schwarze* ist nicht rassistisch. Aber es gibt wohl noch immer eine Diskussion darüber, ob man nicht eher Afroamerikaner sagen sollte, was in meinen Augen natürlich absolutes No-Go ist."

Louis machte eine Pause, als wollte er seinen Worten so mehr Gewicht verleihen. Dann fuhr er fort:

„Denn mit Ausnahme der Schwarzen, die in den USA leben, passt diese Bezeichnung ja nun nicht. Und stell dir mal vor, man nennt das Mädchen ... –" er nickte in Richtung Aisha – „... Afroschwedin. Also ich meine ja, man soll entweder gar nicht erst darüber reden, wie man auch nicht darüber reden muss, ob nun jemand schwul ist oder so, sondern einfach den Namen sagen. Und wenn man ihn nicht kennt, na gut, dann ist die Hautfarbe schon mal ein gutes Merkmal, wenn nicht alle dieselbe haben. Oder man sagt direkt, wenn man es weiß, wo eine Person oder eben ihre Eltern herkommen. Also nehmen wir mal das Mädchen, das du scheinbar so geil findest: Die ist wahrscheinlich Schwedin, oder eben Schwedin mit Eltern, die in ... Ghana geboren worden sind."

Jetzt war es Nepo, der lachte.

„Amen. Hast du darüber eigentlich mal ein Referat gehalten?", fragte er.

„Nein, aber einen Essay geschrieben. Und wie sieht es jetzt aus? Stehst du auf diese Schwedin da, deren Eltern oder Großeltern vielleicht ja aus Ghana kommen?"

„Also dieses Mädchen da ..." – jetzt nickte *er* in Richtung Aisha – „... finde ich jedenfalls extrem süß."

In diesem Moment schaute ihn Aisha an. Sie stutzte kurz, dann lächelte sie. Wow. Nepo lächelte zurück und sollte er jemals daran gezweifelt haben, noch immer in sie verliebt zu sein, so wusste er jetzt, dass er sich geirrt hatte:

Die Wahrheit war, dass er sich noch nie so verliebt gefühlt hatte.

„Sie hat in unsere Richtung geguckt", sagte Louis.

„Sie hat *mich* angeguckt!", sagte Nepo und hatte den Eindruck, trotzig wie ein dreijähriges Kind zu klingen.

„Wie dem auch sei. In einem Punkt gebe ich dir auf jeden Fall Recht: Sie sieht echt geil aus!"

Das war nicht das, was Nepo hören wollte. War er etwa eifersüchtig? Darauf, dass Aisha sich geschmeichelt fühlen könnte, weil nicht nur Nepo, sondern auch Louis sie süß fand?

„Wie fühlt sich das eigentlich an?", fragte Louis.

„Was?"

„Wenn man rot wird."

„Weiß ich nicht."

„Komisch."

„Warum komisch?"

„Weil du gerade knallrot geworden bist. Habe ich ehrlich gesagt noch nie gesehen, wie jemand so schnell so rot werden kann."

Nepo hatte sich tatsächlich gewundert, warum ihm plötzlich derart heiß geworden war. *So* fühlte es sich also an: Einem wurde sehr sehr heiß. Aber er hütete sich, das Louis zu sagen, der sich dann bestätigt fühlen würde. Um von Aisha abzulenken, zeigte Nepo auf eine Schweden-Blondine und fragte:

„Und die da, wie findest du die?"

Nepo reckte den Daumen in die Höhe, lachte und so begannen sie nacheinander alle Handballspielerinnen durchzugehen und ihre jeweilige Rangliste aufzustellen, die bei Louis von seiner Freundin und bei Nepo von Aisha angeführt wurde. Dann war Pause, und fast schon reflexartig zückten beide ihre Handys, als wäre es vorher verboten gewesen. Nepo hatte sechsundvierzig neue Nachrichten. Einer der Partygäste, mit dem Nepo in irgendeiner WhatsApp-Gruppe war, hatte vorgeschlagen, eine Nepo-Fan-Gruppe zu erstellen und dafür viel Zustimmung erhalten. Judy hatte geschrieben:

Entschuldigung angenommen.
Aber nur, wenn du mit mir ins Kino gehst.
Ohne vorher was zu trinken.

Die meint es wirklich ernst, dachte Nepo. Okay, sie war nett und freundlich und sah mit ihren Sommersprossen niedlich aus. Aber Nepos Herz … gehörte einer anderen. Nepo fragte sich, ob er jemals zuvor solch einen Monsterkitsch gedacht hatte. *Sein Herz gehörte einer anderen.* Puh. Das Problem war: Genauso war es! Er antwortete nicht, was auch eine Antwort war.

Ken fragte, ob Nepo inzwischen aufgestanden sei, und Nepo und Louis schickten ihm ein Selfie. Dann begann die zweite Halbzeit, und als er Aisha sah und sie ihn erneut anlächelte, wurde er wahrscheinlich wieder rot. Wie war das bloß möglich? Was geschah da in seinem Körper?

„Wie jetzt? Ihr habt euch ja schon wieder angeschaut", sagte Louis.

Dieses Mal redete Nepo gar nicht erst um den heißen Brei herum:

„Ja … weißt du … ich würde sie gern mal ansprechen. Aber ich habe keine Ahnung wie. Es soll ja nicht nach billiger Anmache aussehen. Mit Leonie war das nicht so kompliziert. Wir sind auf dieselbe Schule in denselben Jahrgang in denselben Theaterkurs gegangen."

„Kaffee!", sagte Louis.

„Kaffee?"

„Ja, Kaffee. Wir kaufen uns dahinten ..." – Louis zeigte auf einen Stand, an dem wahrscheinlich Mütter Kaffee und Kuchen und andere Getränke verkauften – „... Kaffee."

„Gute Idee. Aber irgendwie verstehe ich deinen Plan nicht."

„Nach dem Spiel dürfen sich dort die Spielerinnen ein Getränk und irgendein Stück Kuchen nehmen. Und wenn es auf dem Spielfeld keinen Streit gegeben hat, dann stehen da halt alle herum."

„So so. Und dann spreche ich Aisha ..."

Mist. Nepo begann noch mal von vorn:

„Dann spreche ich ausgerechnet das eine bestimmte Mädchen an und sage: Wow, du hast gut gespielt. Willst du mit mir einen Kaffee trinken?"

Louis lachte. Hoffentlich nicht, weil Nepo der Name herausgerutscht war.

„Aisha? Du weißt, wie sie heißt?"

Nepo atmete tief ein und aus. Wie kam er aus der Nummer bloß wieder heraus?

„Nee, aber ich habe den Eindruck, jedes zweite schwarze Mädchen heißt Aisha", sagte er.

Wieder lachte Louis.

„Na wenn das nicht rassistisch war."

„War es nicht. War jedenfalls nicht so gemeint. Aber ist ja auch egal. Ich verstehe deinen Kaffee-Plan jedenfalls nicht."

„Ist ganz einfach. Du schüttest ihr Kaffee übers Trikot, dann entschuldigst du dich, und schon kommt ihr ins Gespräch."

„Dann kommen wir nicht ins Gespräch, dann kommt sie wegen Verbrennungen ins Krankenhaus."

„Schwarze verbrennen sich nicht. Die bekommen doch auch keinen Sonnenbrand."

„Also ganz ehrlich: *Das* war rassistisch. Und Quatsch."

Louis lachte und sagte:

„War nicht rassistisch gemeint. Aber ist ja auch egal. Verstehst du denn prinzipiell meinen Kaffee-Plan? Du kannst ja auch einen Cola-Plan draus machen."

Nun lachte auch Nepo, dann nickte er. Warum sollte er Louis' Plan nicht eine Chance geben? Zumal er nichts zu verlieren hatte. Denn eigentlich hatte er Aisha schon verloren. Und ob er sie noch mehr verlieren würde, war egal.

Kurz vor Spielende – die Mädchen aus Biskopsgården führten mit fünf Toren Unterschied – gingen Nepo und Louis zum Stand, an dem sich Nepo eine Plastikflasche Cola kaufte und sie kräftig schüttelte, bevor die Mädchen kamen.

DIE Spielerinnen kamen, und Aisha schien sich zu bemühen, so dicht wie möglich an Nepo vorbeizugehen. Da das nicht so einfach war – sie ging in einem Pulk aus Mitspielerinnen –, wertete Nepo das als gutes Zeichen. Ein weiteres gutes Zeichen: Sie lächelte ihn definitiv aus den Augenwinkeln an. Nun ging sie direkt an ihm vorbei. So dicht, dass sich ihre Arme fast berührt hätten. Jetzt oder nie! Nepo gab sich einen Ruck ... und drehte den Deckel auf. Die Cola schoss aus dem Flaschenhals und mit einer ein bisschen zu theatralischen Bewegung drehte sich Nepo zur Seite, als wollte er vermeiden, dass Aisha, die vor Schreck aufschrie, etwas abbekam. Gleichzeitig hatte er darauf geachtet, dass mehr als nur ein paar Tropfen auf ihrem T-Shirt landeten.

Nepo schaute Aisha an, die ihn mit einer Mischung aus Verärgerung und ... Freude??? ... anstarrte, zuckte entschuldigend die Achseln und nahm sich vom Stand einige Servietten. Während er sich bückte, um die Cola vom Boden zu wischen, sagte er zu Aisha:

„Hilf mir ... bitte!"

Nepo hoffte, dass es nicht zu winselnd klang. Aber egal, wie es in Aishas Ohren geklungen hatte, er hatte Erfolg: Sie kniete sich mit ihm auf den Boden, und als er ihr eine Serviette reichte, berührten sich kurz ihre Hände, und ihm wurde zum dritten Mal innerhalb der zurückliegenden Stunde schwindelig.

Eines der Mädchen sagte etwas zu Aisha, was sie nicht kümmerte und Nepo nicht verstand. Vielleicht war es eine Teamkollegin gewesen, die ebenfalls Somali sprach. Aisha sagte auf Schwedisch, dass es okay sei und dass man dem armen Jungen helfen müsse, der so dumm sei und Cola verschütte. Nepo hatte sich nicht überlegt, was er Aisha nun als Erstes sagen sollte. Aber es brachte ja nichts, übers Wetter zu reden. Vielleicht hatten sie nicht mal eine halbe Minute Zeit.

„Ich würde dich gern wiedersehen", sagte er.

„Ich dich auch. Aber das geht nicht."

„Es muss gehen."

„Abdi kennt viel zu viele Leute, sich in der Stadt treffen ist unmöglich … aber …"

„Aber?"

„Abdi schläft in der Regel von eins bis fünf. Das ist sozusagen seine heilige Zeit."

„Nachts?"

„Ja, nachts. Komm doch vorbei und wirf Steine an mein Fenster. Ich mache dir dann auf, du musst dann allerdings noch auf den Balkon klettern."

Sie wollte, dass er mitten in der Nacht auf ihren Balkon kletterte?

„Aisha! Der Boden ist längst sauber", rief ein Mädchen.

Sie nickte Nepo zu, lächelte, und weg war sie. Einen Augenblick später standen Nepo und Louis, der mit seiner Freundin geredet hatte, wieder allein am Stand.

„Sie heißt wirklich Aisha?", fragte Louis.

„Hab ich doch gleich gesagt."

„Krass."

Eine Stunde später war Nepo wieder zu Hause, erzählte während des Abendessens, ohne Aisha zu erwähnen, vom Handballspiel, ging dann auf sein Zimmer und spielte wie üblich *League of Legends* und blamierte sein Team, verlor zwei Partien Schach und las einige Seiten Harry Potter und hätte anschließend nicht zusammenfassen können, worum es gegangen war.

Die Frage, die ihn nicht losließ und sowohl am Spielen als auch am Lesen gehindert hatte, lautete: Hatte Aisha ihren Vorschlag ernst gemeint? Eigentlich konnte er es sich nicht vorstellen. Aber was, wenn doch? Dann wäre jetzt vermutlich seine einzige Chance ihr zu beweisen, wie ernst *er* es meinte. Seine Eltern waren bereits im Bett, und die Zeiten, in denen sie kontrollierten, ob er auch wirklich Licht ausgeschaltet hatte, waren längst vorbei. Nepo nickte sich selbst zu. Er würde sich nie verzeihen, wenn er es nicht wenigstens versucht hätte. Er zog die dunkelsten Sachen an, die er hatte, darunter war auch ein schwarzer Kapuzenpulli. Dazu eine graue Jogginghose und schwarze Nikes.

Es war kurz nach Mitternacht, als er mit der Tram in Richtung Grönsakstorget fuhr, um dort in die letzte Tram nach Biskopsgården umzusteigen.

EINE gute Stunde später stieg er an der Station Vårväderstorget aus. Es war alles ruhig. Definitiv nichts zu sehen von irgendwelchen dunklen Typen, die auf dem Platz herumlungerten oder in irgendwelchen Hauseingängen standen und wirkten, als warteten sie auf Kundschaft.

Mit zügigen Schritten ging er in Richtung der Hochhaussiedlung, in der Aisha sich mit ihren drei Schwestern, ihrem Bruder und ihrer Mutter drei Zimmer teilte. Schnell fand er das richtige Gebäude, aber als er auf der Balkonseite und damit auf einer Grünfläche, die von den Hochhäusern umzingelt wurde, stand, stellte er fest, dass er ein Problem hatte: Welcher der vier Balkone im zweiten Stock war der Balkon, der zur richtigen Wohnung gehörte?

Nepo suchte nach Kieselsteinen und als er ein gutes Dutzend in seiner Hand hielt, warf er zwei ans erste Fenster von links. Nichts geschah. Als er Steine ans nächste Fenster warf und über seine Treffsicherheit staunte, ging sofort das Licht an. Eine ältere Dame zog den Vorhang zur Seite und schaute raus. Ob sie wusste, dass sie draußen nichts sah, wenn drinnen das Licht brannte? Egal. Das nächste Fenster musste es aber sein! Denn anstatt Gardinen gab es ein Rollo mit Sternen drauf. Warum hatte er nicht zuerst hier sein Glück versucht? Wieder traf er und wartete. Dann warf er einen weiteren Kiesel, und zum ersten Mal traf er nicht. Ein dritter Stein war aber nicht mehr nötig. Denn das Rollo wurde hochgezogen. Ein schwarzes Mädchen im weißen Nachthemd oder T-Shirt schaute heraus.

Aisha sah ihn und verschwand, aber zum Glück nur für wenige Sekunden. Denn nun ging die Tür auf und schon stand Aisha auf dem Balkon. Nepo ging einige

Schritte in ihre Richtung und befand sich jetzt direkt unterhalb ihres Balkons – blöd war nur, dass ein weiterer Balkon dazwischen war. Aber da es sich ja nicht um einen Altbau handelte, guckte ihn Aisha nur aus ungefähr fünf und nicht acht Metern an. Sie lehnte sich übers Geländer, ihre Haare fielen herab, aber sie waren nicht so lang, dass er sich an ihnen hätte hochhangeln können. (Wieder so ein kitschiger Gedanke.)

„Du bist tatsächlich gekommen", sagte sie mit leiser Stimme, die gerade noch zu hören war.

„Ich bin tatsächlich gekommen", flüsterte er zurück.

„Schaffst du es, hochzuklettern?"

Nepo nickte und ließ sich nicht zweimal bitten. Es war einfacher als erwartet – die meisten Boulder-Strecken waren jedenfalls deutlich schwieriger.

„Wow!", sagte Aisha noch immer flüsternd, als er vor ihr stand.

„Bouldern ist mein Hobby, musst du wissen. Hätte nie gedacht, dass mir das mal helfen kann."

Sie lächelte.

„Und jetzt?", fragte Nepo, der tatsächlich nicht wusste, wie sich Aisha den Verlauf der Nacht vorstellte.

Würden sie etwa Sex haben? Es war absolut nicht so, dass Nepo darauf keine Lust hatte. Das Gegenteil war der Fall. Und wenn die im Nachthemd vor ihm stehende Aisha ihn umarmen und ihre Hüfte an seine drücken würde, würde sie sofort spüren, wie sehr er Lust hatte. Aber eigentlich wollte er sie erst mal kennenlernen. Ein bisschen zumindest.

„Wenn du versprichst, brav zu sein, kannst du reinkommen. Ich meine ... ich weiß nicht ... wenn du jetzt denkst, dass ..."

„Denke ich nicht", sagte Nepo sofort.

„Na dann komm", sagte Aisha, und einen Augenblick später saß er auf einem riesigen Sitzkissen und sie auf der Bettkante.

In ihrem Zimmer hing ein Poster von irgendeiner K-Pop-Band, die er nicht kannte, und ein Bild von einem Sonnenuntergang. Die Möbel waren alle weiß, und die Bettwäsche hatte dasselbe Motiv wie die Rollos vom Fenster und der Balkontür.

Aisha hatte die Schreibtischlampe angemacht und sie so weggedreht, dass sie nur wenig Licht spendete, sie aber nicht im Dunkeln saßen.

„Erzähl von dir", sagte sie.

Und er erzählte flüsternd von sich und als er irgendwann fertig war und nicht wusste, wie viel Zeit vergangen war, hatte er den Eindruck, noch nie zuvor so viel am Stück geredet zu haben. Sie hatte ihn durchgehend angeschaut. Interessiert. Lächelnd. Aber auch ungläubig.

„Dann bist du also wirklich so ein Reichenkind?"

„Weiß ich nicht …"

Sie lachte ein wenig zu laut, wie Nepo fand – schließlich war Abdis Zimmer gleich nebenan.

„Zähl noch mal die Länder auf, in denen du mit deinen Eltern in den letzten Jahren im Sommer und über Weihnachten gewesen bist."

„Muss das sein?"

„Ja, es muss sein", sagte sie.

„Italien, Griechenland, Spanien, Frankreich, Portugal, Türkei, Belgien, Niederlande, USA, Kanada, Mexiko, Dominikanische Republik, Südafrika, Sri Lanka. Ich glaube, das war es."

Nach einer kurzen Pause sagte er:

„Ja, wahrscheinlich bin ich ein Reichenkind."

Und nach einer weiteren Pause:

„Sorry."

Sie lachte. Wieder eindeutig zu laut.

„Du musst dich nicht dafür entschuldigen. Wahrscheinlich träumen alle Menschen davon, jeden Sommer in irgendein anderes Land zu reisen."

„Ja, vielleicht. Und jetzt erzähl du."

„Ich habe aber nichts zu erzählen. Ich habe ja noch nicht mal einen richtigen Freund gehabt."

„Ich glaube, du hast mehr zu erzählen als ein Junge, der immer alles bekommen hat, was er wollte."

Wieder lachte sie. Natürlich zu laut.

„Keine Ahnung. Aber weißt du, ich habe noch nie woanders gewohnt als in dieser Wohnung."

Sie schien nicht über ihre Wohnung reden zu wollen. Also frage Nepo:

„In welche Klasse gehst du eigentlich?"

„In die erste aufs Gymnasium."

Kurz überlegte Nepo, dann nickte er. Das Gymnasium war in Schweden nur das, was in Deutschland die Oberstufe war.

„Und du bist sechzehn, oder?"'

Eigentlich war das eine rhetorische Frage. Denn er war sich ziemlich sicher, dass ihre Mutter das erzählt hatte. Sie nickte und fragte ihn, wie alt er sei, und er sagte es ihr. Aus irgendeinem Grund war Nepo erleichtert, dass sie sechzehn war. Fünfzehn wäre irgendwie zu jung gewesen. Gleichzeitig fragte er sich: zu jung wofür?

Und jetzt, als hätten sie die ersten Fragen ermutigt, erzählte sie von der Schule, und als es zu dämmern begann – Aisha hatte das Rollo nicht wieder runtergezogen – glaubte er, alles über Aishas Lehrer (die meisten nett) und Mitschüler (die meisten nicht so nett) und ihre Hass- und Lieblingsfächer (Mathe / Englisch und Französisch, was zu ihm passte) zu wissen. Dann erzählte sie von sich selbst. Dass sie seit acht Jahren Handball spielte, *Stranger Things* und *Squidgame* mochte und gern K-Pop und Rap hörte, dass sie auf Instagram und TikTok aktiv war und gern mal verreisen würde. Auch nach Somalia, wo sie noch nie gewesen war, aber noch viel lieber nach Paris, weil ihr Französischlehrer so sehr von Paris schwärmte.

Dann guckten sie sich ein paar Minuten einfach nur an, bis Aisha fragte, wie spät es sei.

„Fünf vor fünf", sagte Nepo, und Aisha sagte mit leichter Panik in der Stimme:

„Scheiße, dann musst du sofort los."

In diesem Moment hörten sie, wie jemand die Tür im Nachbarzimmer öffnete.

„Das ist Abdi … unters Bett!"

„Unters Bett??? Im Ernst???"

„Ja, und zwar sofort!", sagte sie, während es gleichzeitig an der Tür klopfte.

TRÄUMTE er? Nein. Er lag wirklich in Biskopsgården im Zimmer eines sechzehnjährigen Mädchens nicht mit ihr *im*, sondern *unter* ihrem Bett. Und dort war es staubig. Hoffentlich musste er nicht niesen. Wieder klopfte es. Immerhin hatte Abdi nicht die Tür aufgerissen, denn dann hätte er ihn „erwischt". Was er dann wohl gemacht hätte? Nepo war froh, dass er das nie erfahren würde. Jedenfalls dann nicht, wenn er das Zimmer nicht durchsuchen und ihn finden würde, was so kompliziert nicht wäre. Aisha knipste die Schreibtischlampe aus, legte sich wieder ins Bett und lag jetzt genau über ihm.

„Was ist denn?", fragte Aisha mit schlaftrunkener Stimme – auch sie war eine hervorragende Schauspielerin, was sie ja schon im Restaurant bewiesen hatte.

Jemand, mit Sicherheit Abdi, öffnete die Tür.

„Es ist fünf Uhr!", sagte Aisha, anstatt ihn zu begrüßen.

„Du hast gelacht, und es klang, als hättest du mit jemandem gesprochen. Das ist ...", sagte Abdi.

„Ich konnte nicht schlafen, habe deshalb Videos auf Insta und TikTok geguckt. Darf ich das? Oder muss ich dich um Erlaubnis fragen?"

„Musst du nicht."

Dann sagte Abdi etwas auf Somali, aber Aisha antwortete auf Schwedisch, als wollte sie sicher gehen, dass Nepo alles verstand.

„Bist du blöd oder was? Dann durchsuch doch mein Zimmer!"

Genau das hatte Nepo befürchtet. Aber was beabsichtigte Aisha mit dieser Aufforderung? Sie stand auf, und Nepo sah jetzt ihre und Abdis Füße – Abdi stand inzwischen mitten im Zimmer. Nepo atmete so flach und langsam wie möglich, am liebsten hätte er die Atmung ganz eingestellt. Und wieder juckte seine Nase. Bitte nicht! Er drückte seine Nasenflügel zusammen, um bloß nicht niesen zu müssen.

„Weißt du … ich übernehme das und suche für dich! Du kennst ja auch gar nicht alle Verstecke."

Okay, sie schien einen Plan zu haben. Ob der Plan funktionierte, war allerdings eine ganz andere Frage. Nie hätte Nepo für möglich gehalten, dass Aisha mit derart sarkastischem Tonfall sprechen konnte. Sie begann, bevor Abdi etwas dazu sagen konnte, sofort mit der Suche und öffnete eine Tür, wahrscheinlich die Schranktür.

„Also hier versteckt sich niemand."

„Ist ja schon gut."

Jetzt ging sie zum Schreibtisch, während Abdi stehen blieb.

„Oh … unter dem Tisch ist ja auch niemand, den mein Bruder verprügeln könnte."

„Ich habe gesagt: ist gut."

„Ah, da fällt mir ein, er könnte sich ja auch wie in irgend so einem schlechten Film unter dem Bett ver- stecken!"

„Es reicht."

Sie setzte sich auf alle Viere, schaute unters Bett direkt Nepo in die Augen und winkte ihm zu.

„Huhu!", sagte sie, und dann zu ihrem Bruder.

„Da liegt jemand, soll ich ihn rausziehen, oder willst du das machen. Dann kannst du ihm gleich die Kehle aufschlitzen, und ich kann als Jungfrau in die Ehe gehen."

Inzwischen standen sich Aisha und Abdi wieder gegenüber.

„Hör auf, ich war nie so ein großer Bruder, und ich werde auch nie so einer sein. Papa ist nicht da. Und ich habe mir halt Sorgen gemacht. Mehr ist nicht passiert", sagte Abdi und verließ das Zimmer.

„Okay", sagte Aisha kaum hörbar.

Nepo, von dem alle Anspannung abgefallen war, kroch unter dem Bett hervor. Aus Abdis Zimmer war leiser Rap zu hören.

„Jaffar Byn", flüsterte Aisha.

„Abdis weitere Vornamen?", fragte Nepo.

„Nein, ein Rapper, den Abdi hört. Vor allem, wenn er grübelt. Und wenn er nicht mit den Drillingen Quatsch macht oder ihnen oder mir bei Mathe hilft, grübelt er eigentlich immer."

Nepo nickte und fragte sich, warum Aisha das erzählt hatte. Vielleicht hatte er fragend geguckt. Und was meinte sie genau mit „grübeln"? Dachte Abdi über, wie es so schön hieß, Gott und die Welt nach?

„Du musst weg. Aber über den Balkon geht das nicht, es ist ja inzwischen hell."

Sie überlegte kurz, dann sagte sie:

„Ich gehe gleich zu Abdi und sage ihm, dass die Musik zu laut ist. Im selben Moment, in dem ich bei ihm die Tür aufmache, machst du die Wohnungstür auf, okay?"

Nepo nickte.

„Sehen wir uns wieder?"

Anstatt zu antworten, ging Aisha zum Tisch und kritzelte ihre Telefonnummer auf einen Zettel.

„Schreib mir."

Nepo lächelte und nickte wieder. Sie öffnete ihre Zimmertür und zeigte auf die Wohnungstür, während sie zu Abdis Zimmer ging. Zeitgleich legten sie ihre Hände auf die Klinken und drückten sie herunter, und das vorerst Letzte, was Nepo von Aisha hörte, war ihr giftiger Befehl:

„Mach gefälligst die Musik leiser!"

Wenige Minuten später stand er wieder an der Tramstation Vårväderstorget. Nepo zählte exakt vier Personen, die auf die 5 oder 6 warteten. Auf der anderen Seite fuhr eine Tram ein. Eine Gruppe Jungs stieg aus. Araber. In roten Kapuzenpullis. Einige hatten ihre Ärmel hochgekrempelt. Es waren Harkimis.

Scheiße.

Die drei Brüder waren auch dabei. Gerade wollte Nepo seinen Kopf senken und seine Kapuze tiefer ins Gesicht ziehen, als der Bärtige, der so eine Art Boss zu sein schien, rief.

„Hey, da ist ja der Nachhilfelehrer. Warte mal, wir wollen auch Nachhilfe haben. Wir kommen rüber!"

Er lachte, und es war ein höhnisches Lachen. Alle gemeinsam – es waren sechs – gingen die Treppe herunter. Dann müssten sie unter einer Unterführung hindurch und die Treppe zum Bahnsteig, auf dem Nepo stand, wieder hochgehen. Nepo blieb ungefähr eine Minute um sich auf das, was passieren könnte, vorzubereiten.

Was … was sollte er tun?

„HAU lieber ab! Ich kenne die ... alle kennen die. Und ich glaube nicht, dass sie sich mit dir nur unterhalten wollen."

Verwirrt schaute Nepo den arabisch aussehenden Mann an, der der Vater der Harkimis hätte sein können.

In diesem Augenblick erschienen sie einer nach dem anderen am Ende des Bahnsteigs und bewegten sich zügig und entschlossen auf Nepo zu. Einige grinsten, als würden sie sich auf das, was jetzt geschehen würde, freuen. Der Bärtige führte den Trupp an, und obwohl er vergleichsweise dick war, war er erstaunlich schnell. Er sah wütend aus. Und er klang auch so, als er rief:

„Na, hast du den Drillingen um fünf Uhr morgens Nachhilfe gegeben?"

Und der Flaumträger:

„Niemandem hat der Nachhilfe gegeben! Wenn man einen Abdi in der Familie hat, braucht man keinen Nachhilfelehrer. Hätte ich gleich draufkommen müssen. Du hast uns verarscht! Wahrscheinlich hast du Aisha gefickt!"

Nepo hatte keine Zeit sich zu fragen, woher er wusste, dass Abdi gut in Mathe war, denn ein Dritter, und zwar nicht Babyface, sondern ein Typ mit Klassikerfrisur (ausrasierter Nacken, oben kurz) und sonst ohne weitere Auffälligkeiten auf den ersten Blick, rief:

„Oder die Drillinge, du pädophile Sau."

Also eins stand fest: Die wollten sich definitiv nicht nur unterhalten. Nepos Herz raste, er wollte wegrennen, aber er konnte nicht.

„Lauf", zischte der ältere Mann.

Und dieses „Lauf" war wie ein Knopf, mit dem Nepo wieder angeschaltet wurde. Er drehte sich um, sah aus den Augenwinkeln, dass hinter dem Geländer eine Art

Felswand wieder nach unten auf die Straße führte, und anstatt geradeaus den regulären Weg zu nehmen, machte er eine Parkour-Hockwende und boulderte in wenigen Sekunden die Wand hinunter. Von unten sah er, wie der ältere Mann vom Bärtigen im Vorbeilaufen eine Ohrfeige bekam. Eine arabische, ebenfalls ältere Frau, die die Harkimis anschrie und sich ihnen in den Weg stellte, wurde fast schon rücksichtsvoll zur Seite geschoben.

Zwei seiner Verfolger, Nepo wusste nicht wer, hatten denselben Weg genommen wie er. Sie waren zwar nicht ganz so schnell gewesen, aber es war nicht so, dass sie sich ungeschickt angestellt hatten. Einem Impuls folgend rannte Nepo die Treppe auf der anderen Seite, wo die Harkimis ausgestiegen waren, wieder hoch und hoffte auf eine Tram, die im selben Moment einfuhr. Da fuhr aber keine Tram ein. Er schaute übers Geländer: vielleicht drei Meter, wenn er springen würde. Aber wenn er sich erst am unteren Ende des Geländers herunterbaumeln lassen würde, würde er den Abstand erheblich verkürzen. Als die ersten Harkimis den Bahnsteig erreichten, zögerte er nicht lange. Er kletterte übers Geländer, hängte sich an die unterste Stange, ließ sich auf den Fußgängerweg fallen und rollte sich ab. Das hatte er vermutlich tausendmal beim Bouldern gemacht, aber das Abrollen auf Asphalt war dann doch eine andere Nummer als auf dem weichen Boden in der Boulderhalle. Seine Schulter schmerzte, und irgendwie war er auch zu heftig auf der Hüfte gelandet. Aber gebrochen hatte er sich definitiv nichts. Einen Vorsprung hatte er sich allerdings nicht verschafft. Denn die anderen Harkimis waren gar nicht erst die Treppen raufgelaufen. Jetzt kamen sie auf ihn zugerannt und waren keine fünfzehn Meter mehr von ihm entfernt, und das bedeutete: Es war absolut hoffnungslos! Das, was sich in Aishas Zimmer wie ein wahrgewordener Traum angefühlt hatte, verwandelte sich in diesen Sekunden in einen Alptraum.

Doch plötzlich tauchte wie aus dem Nichts ein Roller neben ihm auf und bremste scharf.

„Spring auf!", sagte … Abdi.

NEPO hatte keine Zeit, sich zu wundern. Sie rasten auf dem Roller Wege und Straßen entlang, durch Häuserschluchten und im Zickzack über Parkplätze, und das alles im Morgengrauen. Nepo umklammerte Abdi von hinten, als wäre Abdi sein großer Bruder, der ihn beschützte. Irgendein harter Gegenstand an Abdis Rücken, vielleicht ein Gürtel mit schweren Nieten, drückte unangenehm gegen Nepos Bauch.

Nepo schaute sich immer wieder um. Drei Roller folgten ihnen. Und die Fahrer waren wie Abdi erfahrene Rollerfahrer, und das war Nepo eigentlich auch. Zeit, für ihn einen Roller zu finden und ihn dann mit der App zu starten, hatten sie allerdings nicht. Denn der Abstand wurde geringer und geringer. Ob das am schwachen Akku oder daran lag, dass sie zu zweit auf dem Roller waren, wusste Nepo nicht.

In diesem Moment stieg ein Mann aus einem Uralt-Volvo aus, den er am Straßenrand geparkt hatte. Obwohl sie zur aufgehenden Tür genug Abstand hatten, bremste Abdi derart scharf, dass sich das Hinterteil des Rollers mitsamt Nepo aufrichtete und Nepo befürchtete, sie könnten sich überschlagen. Taten sie aber nicht. Was hatte er vor? Suchte er die direkte Konfrontation? Bitte nicht … denn in diesem Fall hätte Nepo keine Ahnung, wie er sich zu verhalten hätte oder was Abdi von ihm erwarten würde. Aber Abdi hatte, wie Nepo schnell merkte, einen ganz anderen Plan. Und dieser Plan war genauso gefährlich wie eine direkte Konfrontation: Abdi griff an seinen Rücken, und plötzlich hatte er nicht etwa einen Gürtel mit schweren Nieten in der Hand, sondern eine Pistole. Und die richtete er auf den Mann, der ihm sofort, aber ohne dabei besonders ängstlich zu wirken, die Autoschlüssel reichte.

„Wenn du die Polizei rufst, bist du tot", sagte Abdi, und der Mann nickte, als sei ihm das eh klargewesen, und eilte mit zügigen Schritten davon.

Dann öffnete Abdi die Tür und schob Nepo über den Fahrer- auf den Beifahrersitz.

Ein Schuss fiel.

Dann noch einer.

Abdi, der neben der geöffneten Fahrertür stand, zuckte und schaute an sich herab. Mit Sicherheit sah er dasselbe wie Nepo: Dass in seinem Kapuzenpulli ein Loch klaffte! Auf Brusthöhe! Nepo konnte nicht mehr hinsehen und schaute auf seine Füße. Er begann am ganzen Körper zu zittern. Was würden sie ... die Harkimis ... mit ihm machen ... nachdem sie ihn aus dem Auto rausgezerrt hätten? Würden sie ihn bloß zusammenschlagen? Oder ... auch erschießen? Und wenn nicht, wenn er aus dieser Situation irgendwie heil herauskäme, würde er sich dann nicht den Rest des Lebens die Frage stellen, ob er schuld an ... Abdis Tod war? Ja ... das war er: Denn Abdi war in dem Moment erschossen worden, in dem er versucht hatte, ihm zu helfen! Und ... ach scheiße ... wie ... wie würde Aisha damit zurechtkommen? Und die Drillinge? Und Abdis Mutter? Und ... wenn die Harkimis ... wenn sie Nepo nicht am Leben lassen würden ... was für ein Gedanke ... wie würden dann Nepos Eltern auf die Nachricht reagieren, dass ihr einziger Sohn bei einer Auseinandersetzung in Biskopsgården erschossen oder totgeprügelt worden war? Seine Mundhöhle war vollkommen ausgetrocknet, und ihm war noch viel heißer als in den Momenten, in denen Aisha ihn angelächelt hatte. Dann schaute er in die Richtung, wo Abdi gestanden hatte ... und wo er noch immer stand! Wie war das möglich?

Er richtete seine Waffe in Richtung der Rollerfahrer.

Dann schoss er.

Dreimal.

Nepo drehte sich im Beifahrersitz und sah, dass einer der Rollerfahrer gestürzt war und auf dem Boden liegen blieb. Ob Abdi ihn wirklich getroffen hatte, wusste Nepo nicht. Aber es war ihm gelungen, die drei Harkimis zu stoppen. Denn die anderen beiden sprangen von ihren Rollern und beugten sich zum auf dem Boden Liegenden. Während der eine auf ihn einredete, schaute der andere in Abdis Richtung und schrie erst etwas auf Arabisch und dann auf Schwedisch:

„Ihr seid tot!"

Abdi zuckte die Achseln, stieg ins Auto und fuhr mit einer Ruhe und Selbstverständlichkeit los, als wäre er noch nie einen anderen Wagen gefahren. Nach einer Odyssee durch Biskopsgården parkte er den Volvo vor einem geschlossenen Supermarkt, ließ den Schlüssel stecken und sagte zu Nepo:

„Steig aus!"

Nepo, der noch immer am ganzen Körper zitterte, ließ sich nicht zweimal bitten. Sie gingen zu einer Tram-Haltestelle in der Nähe, setzten sich in die erste Tram in Richtung Göteborger Zentrum in den vorderen Bereich auf einen Zweier und sagten eine Weile nichts. Nepo war es, der das Schweigen brach.

„Du ... du bist getroffen worden!"

„Ich gehe schon seit Langem nur noch mit schusssicherer Weste heraus", sagte Abdi.

Endlich hatte Nepo aufgehört zu zittern. Es war, als wenn die Angst aus seinem Körper gekrochen wäre. Er schüttelte unmerklich den Kopf. Wie alt war Abdi? Zwei Jahre älter als Aisha, hatte seine Mutter gesagt. Also achtzehn. Wenige Monate, höchstens ein Jahr älter als

Nepo. Eigentlich waren sie gleichalt. Der Unterschied: Einer von ihnen traute sich nur noch mit schusssicherer Weste raus. Würde sich jetzt auch Nepo eine solche Weste kaufen und sie immer tragen müssen? Als sie Grönsakstorget in die nächste Tram in Richtung Saltholmen umstiegen, fragte Nepo:

„Und was geschieht jetzt?"

„Das werden wir sehen. Du warst halt mit mir zusammen. Und du bist weggelaufen. Das heißt: Du bist jetzt ihr Feind. Wenn du dich in Biskop mit deinen blonden Locken noch mal blicken lässt, garantiere ich für nichts. Dass sie dich suchen, glaube ich nicht. Sie haben es vor allem auf mich abgesehen."

Na toll, dachte Nepo. Mit Glück *suchen* sie mich *nicht*.

„Gehörst du eigentlich zu den Tigers?", fragte er.

Irgendwie glaubte er, dass Abdi ihm vertraute und deshalb die Wahrheit sagen würde. Warum das so war, war ihm allerdings ein vollkommenes Rätsel. Unterschiedlicher hätten sie kaum sein können.

Abdi nickte.

„Warum?", fragte Nepo.

„Warum lebst du in Saltholmen in einem großen Haus?"

Nepo wusste, worauf Abdi hinauswollte.

„Weil meine Eltern beide bei Volvo arbeiten. Im Management."

„Wie viele Somalier arbeiten bei Volvo im Management?"

„Keine Ahnung."

„Was glaubst du?"

„Wahrscheinlich null."

„Und weißt du was? Das glaube ich auch! Hältst du Somalier grundsätzlich für dumm?"

„Nein."

„Komisch, oder? In Schweden wohnen wahnsinnig viele Somalier. Viele sind arbeitslos. Oder Busfahrer. Oder sie arbeiten als Putzhilfe wie meine Mutter, die alles ist, nur nicht dumm. Sie hätte gewiss studieren können."

„Warum hat sie es denn nicht getan?"

„Deine Frage zeigt, dass …", begann Abdi in seinem ruhigen Tonfall, der sein Markenzeichen zu sein schien.

„Sorry. War dumm, okay. Aber, was soll dieser Bandenscheiß? Warum verkaufst du Drogen? Warum benutzt du Kinder, die vor Schulen stehen müssen …?"

„Woher weißt du das?"

Auch diese Frage stellte Abdi mit ruhigem Tonfall. Nepo hatte den Eindruck, sich mit jemandem zu unterhalten, der mindestens zwanzig Jahre älter war als er selbst – derart souverän und abgeklärt wirkte Abdi selbst dann, wenn er bloß Fragen stellte. Nepo erzählte vom Tag, als er Ken, dessen Namen er nicht nannte, gefolgt war. Ohne weiter darauf einzugehen, sagte Abdi:

„Ich habe so ähnlich angefangen wie der Junge. Es ist eigentlich ganz einfach: Man kennt jemanden, und dieser Jemand fragt irgendwann, ob man nicht Lust hat auf ein Paar neue Turnschuhe. Und fast jeder zwölfjährige somalische oder arabische Junge in Biskop hat Lust auf ein Paar neue Turnschuhe. Gefragt wird man von einem älteren Jungen, manchmal auch von einem Achtzehnjährigen, der eine geile Uhr und eine geile Goldkette hat, Markenklamotten trägt – Adidas oder Nike, aber auch Prada, Armani oder Gucci – und manchmal in einem dicken Auto sitzt. Ja, und wenn dich so jemand fragt, ob du ihm einen Gefallen tun könntest, dann sagen halt viele ja. Denn eine Sache wissen alle: Die eigenen Eltern kaufen einem vielleicht auch ein Paar Turnschuhe, aber nur, wenn es welche bei Lidl gibt. Meistens bekommst du aber das Zeug von Geschwistern oder Cousins. Die Tigers oder andere Banden bieten einem eine Chance. Ist halt so. Langsam wird es besser, aber eben nur langsam. Und erst, wenn es wirklich besser geworden ist, dann wird sich etwas ändern."

Abdi schwieg, als würde er sich daran erinnern, wie es bei ihm gewesen war. Noch immer fragte sich Nepo, warum Abdi ihm das alles erzählte. Und warum er versucht hatte, ihn zu beschützen und dabei sein eigenes Leben aufs Spiel gesetzt hatte. Und warum er überhaupt um kurz nach fünf an der Tramstation aufgetaucht war. All das traute er sich aber noch nicht zu fragen. Vielleicht erzählte er es ja von selbst.

„Was denn für einen Gefallen?", fragte er stattdessen.

„Irgendwo Wache stehen zum Beispiel. Einzige Aufgabe: Du musst jemanden anrufen, wenn ein Auto kommt. War bei mir so. Einige ältere Jungs wollten einen Elektronikladen ausräumen und dabei nicht überrascht werden. Ich habe Schmiere gestanden. Am Ende ist kein einziges Auto gekommen, und für eine halbe Stunde rumstehen habe ich mehr verdient als meine Mutter an einem ganzen Tag. Später musste ich dann Pakete zu verschiedenen Adressen bringen. Dann bekommst du deine Ecke. Dort quatschen dich dann die Jungs und Mädchen an, die vor allem am Wochenende kommen und Hasch oder Ecstasy oder manchmal Koks kaufen wollen. Und dann hast du plötzlich eine Waffe und ziehst mit den Großen los, und ehe du dich versiehst, bist du einer der Großen."

„Ja, okay, aber warum Zwölfjährige? Oder wie alt war der Junge, der vor unserer Schule stand."

„Du bist ja ziemlich neugierig", sagte Abdi.

Nepo nickte. Ja, er war ziemlich neugierig. Vielleicht lag das ja auch daran, dass er sich noch nie zuvor mit einem Gleichaltrigen unterhalten hatte, der Mitglied einer Bande war und mit einer Waffe herumlief.

„Okay, ich glaube, ich hatte schon lange mal den Wunsch gehabt, einem wie dir …"

Ein bisschen verächtlich klang das schon, fand Nepo.

„… zu erklären, dass wir keine Gangster sind, denen grundsätzlich alles scheißegal ist. Also die Jungs, die sind unauffällig. Nicht strafmündig. Ich verlange nichts Schlimmes. Und es geht nur, wenn kein Mathe, Schwedisch oder Englisch ausfällt."

Nepo lachte laut auf. Er stellte sich vor, wie Abdi sich die Stundenpläne zeigen ließ und dann zu irgendeinem Jungen sagte, dass er ihm leider keinen Gefallen tun könne, schließlich habe er ja in der dritten Stunde Mathe.

„Du bist also so eine Art Edelgangster?", fragte Nepo und wunderte sich, dass er es wagte, diese Frage so zu stellen.

Aber so wie Abdi neben ihm saß, hatte er das eigenartige Gefühl, ein Freund säße neben ihm. Mit Louis hatte er sich auch auf Anhieb blind verstanden, an Ken hatte er sich erst gewöhnen müssen. Dass dies bei Abdi nicht der Fall war, war allerdings hundertmal erstaunlicher als bei Louis.

„Wenn du meinst", sagte Abdi, und dann, nach einer kurzen Pause: „Schon schlimm mit den Jungs, die nichts haben und auf diese Weise Geld verdienen wollen, oder?"

Der beißende Tonfall entging Nepo nicht. Aber Abdi war noch nicht fertig.

„Ken …"

Er kannte seinen Namen?

„… ist übrigens ein Großkunde, den ich jetzt verliere, wenn du …"

„Nein, tue ich nicht."

„Na dann ist ja gut", sagte Abdi und nickte.

Es stand endgültig fest: Abdi vertraute ihm! Und Nepo glaubte zu wissen, dass das etwas Besonderes war.

„Ken kommt jeden Freitag, und er ist es, der Kunden auf den Partys versorgt. Wer ist denn deiner Meinung nach schlimmer? Wir oder die fast ausschließlich weißen Jugendlichen, die so geil auf das Zeug sind und es uns aus den Händen reißen und es vom Geld bezahlen, das ihre Eltern verdienen?"

„Ja, ich verstehe deinen Standpunkt. Beides kacke. Aber … ich meine … ist Ken echt ein Tiger?"

Abdi lachte, und es war seltsam, ihn in der Tram sitzend um halb sieben morgens, nachdem auf ihn geschossen worden war, lachen zu sehen.

„Nein, er ist nur ein Kunde. Die Tigers … das bin ich mit einigen Jungs, die mir an den Schulen und an den Unis helfen. Wir haben ein großes Netz an Kunden, musst du wissen …"

Er sprach wie jemand, der ein Unternehmen führte.

„… und wenn man uns in Ruhe lässt, tun wir niemandem was. Wir wollen diesen Krieg mit den Harkimis nicht."

„Apropos Harkimis. Ich hatte den Eindruck, dieser eine Typ, der mit dem Flaum, der kannte dich. Also so richtig. Der wusste, dass du gut in Mathe bist. Wer weiß denn so was, wenn man nicht mit jemandem zusammenarbeitet oder …"

Nepo führte den Gedanken nicht aus. Es war so naheliegend und gleichzeitig so absurd.

„Oder wenn man gemeinsam zur Schule gegangen ist?"

„Ja."

„Willst du sie hören, die Geschichte?"

„Ja, unbedingt sogar. Ich verstehe nur nicht, warum du sie mir erzählen willst. Ich bin ein weißes Reichenkind aus Saltholmen."

„Ein weißes Reichenkid aus Saltholmen, in das sich meine Schwester ja offensichtlich verliebt hat."

Nepos Herz blieb stehen – den Eindruck hatte er jedenfalls.

„Wie … woher …?"

Wieder lachte Abdi.

„Als Aisha so theatralisch unters Bett geguckt hat, habe ich mich auch ein bisschen gebückt und deine Turnschuhe gesehen. Also dass sie da so eine Show abgezogen hat … sie muss ja so verknallt in dich sein. Und du ja auch in sie. Ein Junge aus Saltholmen, der nichts Besseres zu tun hat, als nachts in Biskop herumzuhängen, um eine Nacht mit einem somalischen Mädchen zu verbringen. Weißt du, ich bin noch nicht ganz neunzehn, aber mein Leben ist eigentlich schon vorbei. Höchst unwahrscheinlich, dass ich fünfundzwanzig werde, vielleicht nicht mal zwanzig. Ist auch okay so. Ich bin zu nichts gezwungen worden. Ich habe diesen Weg gewählt, und jetzt gehe ich ihn zu Ende. Aber Aisha und auch meine anderen Schwestern, die sollen ein schöneres Leben haben. Und Aisha hat den Anfang gemacht. Sie geht aufs Gymnasium. Hätte ich übrigens auch geschafft."

Woran Nepo nicht zweifelte. Jetzt war es an der Zeit, Abdi die Frage zu stellen, die ihn nicht losließ.

„Hast du mir deshalb geholfen?"

„Weshalb?"

„Weil du glaubst, dass deine Schwester sich in mich verliebt hat."

„Eigentlich wollte ich nur mit dir reden. Deshalb bin ich sofort aufgestanden, als Aisha wieder in ihrem Zimmer war, und mit dem ersten Roller, den ich gefunden habe, zur Tramstation gefahren. Ja, und dann habe ich dich da halt gesehen, und da dachte ich: Meine Schwester mag ihn, also helfe ich. Und außerdem hat er ja auch meiner Schwester geholfen."

„Aha? Du fandest das geisteskrank, hast du gesagt."

„Ja. Ich wollte, dass du mich bestenfalls hasst. Ich meine, es war schon auch irgendwie geisteskrank. Aber eben auch sehr mutig. Und jetzt erzähle ich von Ali, Mouhammed und Faris."

„MOUHAMMED, der mit dem Flaum, und ich sind seit Beginn der Grundschule in dieselbe Klasse gegangen, und Ali, Mouhammeds großer Bruder, hat uns oft abgeholt."

„Der Dicke?"

„Ja, der. Ihr Onkel ist übrigens *der* Harkimi. Und ihr Vater die Nummer zwei. Und Ali spielt da auch schon oben mit."

„Und Babyface ist der dritte Bruder?"

„Babyface?"

„Der mit dem runden Gesicht, der so ein bisschen kindlich aussieht."

Abdi lachte.

„Babyface heißt Faris, geht in die achte Klasse und träumt wohl davon, ernst genommen zu werden. Wenn man ihn so sieht, denkt man tatsächlich, dass er noch mit Lego spielt …"

„Lego ist voll cool! Mein Vater und ich haben den Todesstern …"

„Wie teuer ist der eigentlich?"

Nepo seufzte. Denn wieder wusste er, worauf Abdi hinauswollte.

„Knapp vierhundert Euro, glaube ich. Wart ihr Freunde, du und Mouhammed?"

Abdi nickte.

„Mouhammed war oft bei uns und ich bei ihm. Wir haben Computerspiele gespielt und dabei meistens Chips gegessen. Und an einem Tag sind wir nach Hause geschickt worden, weil wir einen Jungen verprügelt haben, der was Doofes zu Aisha gesagt hat. Mouhammed hat Aisha immer gemocht, musst du wissen. Ach ja, und natürlich haben wir oft Fußball gespielt. Das verbindet irgendwie alle. Allerdings war Mouhammed Manchester-United- und ich Liverpoolfan, und ich bin es noch heute."

„Das habe ich mir jetzt alles so ungefähr vorgestellt. Aber was ist dann passiert ... ich meine ... ihr schießt aufeinander."

„Es ist passiert, was passieren musste. Bei dem Vater und dem Onkel war klar, dass die Söhne früh Aufgaben bekommen und dann auch schnell aufsteigen. Plötzlich gehörten sie dazu, waren wichtig, hatten Macht. Ungefähr zur selben Zeit ist ein Onkel von mir plötzlich im Gefängnis gelandet, weil er Drogen verkauft hat."

„Ja ..."

„Richtig so, oder?"

„Ja, finde ich schon."

„Okay. Aber diejenigen, denen er die Drogen verkauft hat, die konnten weiter Drogen kaufen. Das war egal. Auch richtig?"

„Hm."

„Finde ich auch: hm! Ich meine, es ist ja so: Die weißen Richter verurteilen uns Schwarze, weil wir weißen Jungs Drogen verkaufen, oder? Drogen, die sie unbedingt haben wollen."

Inzwischen klang Abdi richtig wütend, was ein extremer Kontrast zu seinem so besonnenen, selbst-sicheren Verhalten war.

„Als Schwarzer hast du nur selten eine Chance. Gut, ein Cousin studiert gerade Jura und will Anwalt werden, und wie ich schon gesagt habe, es wird ja besser. Aber noch immer brauchen wir Glück. Die Weißen brauchen kein Glück. Bei denen ist es umgekehrt. Bei denen ist es Pech, wenn sie es nicht schaffen."

„Ja, okay. Aber ich verstehe trotzdem nicht, warum ihr jetzt plötzlich so eine Art Todfeinde seid."

„Kurz nach der Sache mit dem Onkel habe ich bei den Tigers angefangen. Und ich bin dann ohne Beziehungen so schnell aufgestiegen wie Mouhammed als Sohn und Neffe. Ich war … wie soll ich sagen … gut! Ich galt als so eine Art Mathegenie, ich bin sportlich, kann mir viel merken und mich recht gut und schnell ohne Google Maps orientieren. Ja, ich habe viele Eigenschaften, die nützlich sind. Und wenn ich will, kann ich sehr aggressiv sein. Das ist eher so Schauspielerei, eigentlich bin ich gar nicht so. Dass ich jetzt so eine Art ... *Boss* bin, liegt allerdings auch daran, dass meine zwei Vorgänger und einige andere im Gefängnis sitzen. Dann begann der Krieg zwischen den Banden. Ich meine, die Russen und Ukrainer fanden sich ja vor dem Krieg auch nicht alle zum Kotzen, und geschossen haben sie auch nicht bei jeder Gelegenheit aufeinander. Bei uns war es so, dass wir plötzlich in, wie soll ich sagen, feindlichen Lagern waren. Nach der ersten Schlägerei auf dem Schulhof, bei der ich Mouhammeds Schneidezähne fast ausgeschlagen hätte, kamen wir in unterschiedliche Klasse, dann haben wir eh nur noch geschwänzt, weil wir Besseres zu tun hatten.“

Nepo nickte und fragte sich, wie das möglich war, in der neunten Klasse einfach „nur noch“ zu schwänzen. Er fragte Abdi aber nicht danach, weil er Abdi nicht auf ein anderes Thema bringen wollte.

„Du hast erzählt, dass ein Cousin von dir Jura studiert. Wie ist das bei den Harkimis. Sind die alle so wie Mouhammed und seine Brüder?“, fragte Nepo.

„Nein. Ein Onkel ist zum Beispiel Arzt, Zahnarzt, und bei dem waren wir früher auch. Wieder einer ist an einer Schule Sozialarbeiter. Einer hat es im Fußball ziemlich weit gebracht. Und die Mütter und die meisten Schwestern sind diejenigen, die von diesem ganzen

Gangsterkram zunehmend genervt sind. Wie die somalischen Mütter und Schwestern auch. Die wollen den ganzen Scheiß nicht mehr. Die wollen, dass ihre Jungs Abitur machen. Und wer weiß, vielleicht hört das ja irgendwann auf. War das zu ausführlich?"

„Nein, absolut nicht. War spannender als die meisten Netflix-Serien."

„Apropos Netflix: Kennst du Snabba Cash?"

„Nein."

„Musst du gucken, da geht es um einen Bandenkrieg. Kennen alle hier."

„Kommt auf meine Liste."

Abdi seufzte. Dann sagte er:

„Wenn man uns einfach in Ruhe lassen würde. Dann könnten die Harkimis *ihr* Ding machen, und wir würden *unser* Ding machen."

„Du hast auf sie geschossen!"

„Sie haben aber zuerst geschossen. Und ich muss mich wehren, sonst verliere ich ihren Respekt. Läuft alles nach dem Prinzip Auge um Auge, Zahn um Zahn. Wenn die brutal sind, sind wir auch brutal. Wenn die einen umlegen, muss auch einer von ihnen dran glauben. Ich meine, die Sache wäre eigentlich ganz einfach: Ich und ein paar andere haben unser Netz aufgebaut. Wir verkaufen nur Koks, Ecstasy, andere Pillen und Hasch, und das tun wir an den Reichengymnasien und an der Uni. Okay, früher sind wir auch mal irgendwo eingebrochen. Inzwischen verkaufen wir aber nur noch das Zeug, worauf ihr Weißen so wahnsinnig geil seid. Findest du das echt so schlimm? Ist doch die Entscheidung … deiner Freunde, ob sie was kaufen. Wir zwingen sie nicht. Die Harkimis haben sich jahrelang vor allem auf Einbrüche spezialisiert, Autos geklaut haben sie auch, mit Waffen gehandelt und Schutzgeld erpresst. Ja, Drogen haben sie auch verkauft, aber eher an Junkies in Biskop selbst, die Partyszene und die Schulen waren nicht so sehr ihr Ding. Sie wollten eher die Könige in Biskop selbst sein. Jetzt ist aber plötzlich gar nichts mehr einfach. Plötzlich wollen sie bei uns einsteigen. Beziehungsweise unsere Kunden übernehmen. Sie haben mir sogar einen Preis geboten. Einen fairen Preis, muss ich zugeben. Aber am Ende werden alle, die für mich arbeiten, durch welche von ihnen ersetzt. Und das will ich nicht."

Wieder lachte Nepo.

„Du kümmerst dich also fürsorglich um deine Angestellten? Willst du mir das sagen?"

„Ja, viele, die für mich arbeiten, brauchen das Geld. Und ja, ich fühle mich ein bisschen verantwortlich für sie."

Nepo schaute sich einmal um. Wenn in ihrer Nähe jemand sitzen und mitschreiben würde, dann würde Abdi die nächsten Jahre im Knast verbringen. Aber es saß niemand in der Nähe, was Abdi mit Sicherheit wusste.

„Vor allem wollen die Harkimis wissen, woher ich meinen Nachschub bekomme. Aber das sage ich natürlich nicht. Und dir auch nicht."

„Ich wollte gerade fragen."

Abdi lachte.

„Nur soviel: Es ist ein junger weißer Papa, den ich einmal im Monat treffe. Er kommt immer mit einem Kinderwagen. Mit echtem Kind drin. Ob es seins ist, weiß ich aber nicht. Und dann bekomme ich einen großen Karton mit Windeln, aber natürlich sind da keine Windeln drin. Woher er seinen Nachschub bekommt? Keine Ahnung. Vielleicht arbeitet er im Hafen."

Nepo überlegte. Dann fragte er:

„Willst du damit eigentlich sagen, dass die … Weißen schuld sind? Sie beliefern dich mit Nachschub. Sie kaufen euch die Drogen ab? Aber wenn du sie ihnen nicht verkaufen würdest, dann wüssten sie vielleicht nicht, wo sie welche kaufen könnten."

„Sie würden schon einen Weg finden. Und nein, schuld sind sie vielleicht nicht. Aber es ist eben nicht so … wie soll ich sagen … schwarz-weiß …"

Jetzt lachten sie beide.

„… wie manche denken. Und ganz ehrlich, es ist doch witzig: Die Volvochefs wollen uns Somaliern keine Arbeit geben, aber ihre Kinder, die tun es."

Jetzt lachte Abdi allein. Inzwischen waren sie in Saltholmen angekommen. Ob seine Eltern schon wach waren? Und was würden sie sagen, wenn Nepo erst jetzt nach Hause kam.

„Ich fahre dann wieder zurück. Trefft euch besser nicht in Biskop. Und seid vorsichtig. Ich tue, was ich kann, um euch da rauszuhalten. Aber wahrscheinlich schaffe ich es nicht. Einmal hast du die Harkimis verarscht, und jetzt bist du dabei gewesen."

ALS Nepo das Haus betrat, war alles ruhig. Seine Eltern schliefen also noch. Erstaunlicherweise war er selbst nicht müde, obwohl er in der Nacht keine Sekunde geschlafen hatte. Wahrscheinlich lag das daran, dass sein Kopf voll mit tausend Gedanken war. Und das war kein Wunder: Denn eine solche Nacht hatte er noch nie erlebt. Eine Nacht, die er selbst dann nicht vergessen würde, sollte er hundert Jahre alt werden.

Inzwischen saß er in seinem Zimmer auf dem Schreibtischstuhl und starrte an die Decke. Er hatte Angst. Und die Angst spürte er in seinem Magen, in dem sich ein eigenartiges Taubheitsgefühl ausgebreitet hatte. Es war die Angst vor dem, was kommen könnte. Würde er sich jetzt, wenn er das Haus verließ, immer umdrehen, um sich zu vergewissern, dass ihm niemand folgte? Würden ihn die Harkimis suchen und dann, wenn sie ihn wie auch immer gefunden hätten, in irgendeinen Keller verschleppen und ihn dort foltern? Ihm mit einer Zange die Fingernägel herausreißen? Oder glühende Zigaretten auf seiner Haut ausdrücken? Ihm stundenlang nacheinander ins Gesicht schlagen, bis von seinem Gesicht nichts weiter als Brei übrig bliebe? Oder würden sie ohne Vorwarnung auf ihn schießen? Wäre es vielleicht wirklich besser, sich ebenfalls eine schusssichere Weste anzuschaffen?

Das war doch alles Wahnsinn!

Als er aufstand, weil er nicht mehr ruhig sitzen konnte, musste er sich an der Stuhllehne festhalten. Ihm war schwarz vor Augen geworden. Er wankte zum Bad und trank zwei Zahnputzbecher Wasser. Anschließend ging es ihm besser.

Wieder setzte er sich auf den Stuhl. Wieder starrte er an die Decke. Dann lachte er. Denn er dachte an:

Aisha!

Hatte sie ihn etwa aufgefordert, nachts zu ihr zu kommen? Und hatte er es dann tatsächlich gemacht? Und war er dann einige ... fast vier! ... Stunden in ihrem Zimmer gewesen?

Auch das war Wahnsinn!

Er ging ins Bad, dieses Mal duschte er. Als er fertig geduscht hatte, schrieb er Aisha eine Nachricht.

Guten Morgen,
gut geschlafen?

Mehr nicht. So wusste sie, dass er gleich morgens an sie dachte, und das musste fürs Erste genügen. Um nicht ständig aufs Handy zu schauen, ließ er es auf seinem Schreibtisch liegen und ging, nachdem er sich eine Jeans angezogen hatte, ins Wohnzimmer, wo er Aishas Mutter zum ersten Mal gesehen hatte. Würde er jemals bereuen, ihr gefolgt zu sein? Vielleicht. Aber jetzt tat er es noch nicht.

„Guten Morgen, gut geschlafen?", fragte sein Vater, der sich dick Nutella auf mehrere Scheiben Knäckebrot geschmiert hatte und dazu schwarzen Kaffee trank.

„Siehst ja ein bisschen müde aus", sagte seine Mutter, die sich gerade Obst fürs Müsli schnitt.

„Willst du nicht wenigstens einen Apfel essen?", fragte sie seinen Vater.

Er winkte ab und sagte:

„Nee, lass mal. Ich habe gestern schon einen gegessen."

Seine Mutter schüttelte den Kopf.

„Und du?", fragte sie und streckte Nepo einen Apfel entgegen.

„Ja, gerne sogar", sagte er.

Er hatte nicht gerade Lust auf einen Apfel, aber er dachte sich, dass der Verzehr eines Apfels seine Mutter nach dem Alkoholexzess milde stimmen könnte. Sie schien zwar nicht mehr böse auf ihn zu sein, aber vorbeugen konnte nicht schaden. Erst jetzt merkte er, dass seine Eltern gar keine CD oder irgendeine Spotifyliste, sondern Radio hörten. Denn nun kamen Nachrichten.

„Mach doch lieber was anderes an", sagte seine Mutter, die noch weniger Schwedisch verstand als sein Vater, und der verstand schon fast nichts.

„Nein, warte!", sagte Nepo.

Die erste Meldung war eine Nachricht aus Biskopsgården. Und noch bevor der Bericht zu Ende war, wurde Nepo wieder schwarz vor Augen. Seine Mutter musste ihn halten, damit er nicht stürzte.

UND wieder lag Nepo im Bett und starrte an die Decke – seine Eltern hatten ihn beide aufgefordert, sich hinzulegen, nachdem er fast umgekippt wäre. Wo war er da bloß reingeraten? „Schießerei in Biskopsgården", hatte es in den Nachrichten geheißen. Und: „Tödliche Schüsse." Und: „Ein Achtzehnjähriger mit Bandenkontakt ist seinen Verletzungen erlegen." Und: „Die Polizei ermittelt, stößt aber auf eine Mauer des Schweigens."

Nepo brauchte niemanden, der ihm die Nachrichten erklärte. Der Achtzehnjährige mit Bandenkontakt war einer der Harkimis, auf die Abdi geschossen hatte. Und die Harkimis hatten der Polizei nicht gesagt, dass Abdi der Schütze gewesen war. Das glaubte Nepo längst kapiert zu haben: Die Banden hatten ihre eigenen Gesetze. Und ihre eigenen Vollstrecker. Der Staat störte bloß. Das hatte viel, wahrscheinlich fast ausschließlich mit Ehre zu tun. Schwäche zeigen, das ging gar nicht. Und im Gegensatz zum schwedischen Staat verhängten die Banden die Todesstrafe. Und all das war: die ultimative Katastrophe!

Denn er – Nepo – war, was Abdi zum Abschied noch mal betont hatte, dabei gewesen. Der Junge aus Saltholmen, der die Harkimis zuvor schon verarscht hatte. Um sich abzulenken, schaute er aufs Handy. Eine Nachricht von Louis:

Bouldern?

Wann?

Ken und ich sind ab vier in der Halle.

Okay.

Leider keine Nachricht von Aisha. Vielleicht schlief sie noch. Auch sie hatte in der Nacht, jedenfalls bis fünf Uhr morgens, nicht geschlafen.

Er musste irgendetwas tun. Aber was? Hausaufgaben machen? Nein ... sich jetzt mit Physik oder Mathe zu befassen ... das ging gar nicht. Wie sollte er sich darauf konzentrieren, wenn es in seinem Leben gerade zum ersten Mal um Leben oder Tod ging? So fühlte es sich jedenfalls an. Das war einfach nur so was von krass – im schrecklichstmöglichen Sinne. Denn keine vierundzwanzig Stunden zuvor wäre er noch davon ausgegangen, sich niemals mit dem Gedanken beschäftigen zu müssen, dass ihn jemand erschießen könnte ... und jetzt gerade dachte er unentwegt daran.

Wie kam er bloß aus dieser Gedankenspirale, die ihn immer weiter in die Tiefe zog, heraus?

Und was wusste er eigentlich über Somalia? Fast nichts. Also setzte er sich an seinen Laptop und begann, Somalia zu googeln und las zuerst den Wikipedia-Eintrag. Und in dem stand wenig Erbauliches. Sätze, die sich Nepo direkt einprägten, lauteten:

„Somalia ist aufgrund des Bürgerkrieges als staatliches Gebilde nicht mehr präsent."

Und:

„Die ab dem Jahr 2000 unter dem Schutz der internationalen Staatengemeinschaft gebildeten Übergangsregierungen blieben weitgehend erfolglos; sie vermochten zeitweise kaum die Hauptstadt unter ihrer Kontrolle zu halten. Weite Teile des Landes fielen in die Hände lokaler Clans, Warlords, radikal-islamistischer Gruppen oder Piraten."

Warlords!
Radikal-islamistische Gruppen!

111

Piraten!

„Alle Kriegsparteien haben schwerste Übergriffe auf die Zivilbevölkerung begangen. Frauen wurden massenweise vergewaltigt und Männer, Jugendliche und sogar Kinder von allen Parteien im Krieg zwangsrekrutiert."

Nicht, dass er davon nicht schon vorher in irgendwelchen Zusammenhängen gehört hätte, aber es jetzt so schwarz auf weiß zu lesen, *nachdem* er eine somalisch-schwedische Familie kennengelernt und sich in ein somalisch-schwedisches Mädchen verliebt hatte, das war etwas anderes. Es ging aber nicht nur um den Bürgerkrieg:

„Somalia ist eines der ärmsten Länder der Erde und das Land mit dem schlimmsten Hunger. Im Jahr 2021 stand Somalia im Welthunger-Index an 116. und somit letzter Stelle, d. h. die Bevölkerung war dort unter allen betrachteten Regionen der Welt am stärksten von Hunger betroffen."

Nachdem er den Wikipedia-Eintrag gelesen hatte, schaute er sich ein YouTube-Video über Somalia an, Titel: *Somalia, a country in free fall.*

Und darum ging es dann auch. Um die alltägliche Gewalt, um Bombenanschläge und Korruption. Aber auch um einen jungen Mann, der als Tuk-Tuk-Fahrer arbeitet und mit seinen Freunden gemeinsam laut von Europa träumt. Ja, und wenn Nepo nicht in Stuttgart in einem Haus mit Swimmingpool im Garten aufgewachsen wäre, um dann nach Göteborg in ein Haus, in dem der Swimmingpool im Garten durch einen Swimmingpool auf der Dachterrasse ersetzt worden war, zu ziehen, sondern wenn er in Mogadishu geboren worden wäre, dann hätte er vermutlich auch von Europa geträumt und alles getan, um dieses von Hungersnöten heimgesuchte Bürgerkriegsland zu verlassen.

Aber es musste doch auch eine andere Seite Somalias geben. Er suchte weiter und stieß auf eine Dokumentation über Somaliland. Ein Teil Somalias, der sich 1991 für unabhängig erklärt hatte und in dem es zumindest ein wenig friedlicher zuging.

Und dann tatsächlich ein Video von einem Neuseeländer, der durch Somalia reist und die Probleme nicht verschweigt, aber eben auch die schönen Seiten, die Küste und Strände zum Beispiel, zeigt. Ja … und eigentlich musste Somalia ja vor allem auch das sein: ein wunderschönes Land!

„Nepo?"

Seine Mutter.

„Alles gut!", sagte er.

„Wirklich?"

„Ja, wirklich."

„Willst du was essen?"

„Ja", sagte Nepo, weil er tatsächlich Hunger hatte und seine Eltern nicht weiter beunruhigen wollte.

Inzwischen war es eins. Nach dem Essen – es hatte Salat mit Brot gegeben – gab er bei YouTube die Begriffe „bandenkriminalität" und „schweden" ein und schaute sich eine Arte-Dokumentation an.

Zuerst ging es um Helsingborg. Um einen jungen Syrer, dessen Familie Schweden sehr dankbar ist, sie aufgenommen zu haben. Der Sohn hat Sozialarbeit studiert und versucht, gemeinsam mit einer ehemaligen Schulkameradin, die Polizistin geworden ist, die Jungs von der Straße zu holen. Hoffnung. Immerhin.

Von Helsingborg reist das Fernsehteam nach … Biskopsgården, wo im Sommer 2021 ein Polizist erschossen worden war, was Nepo seit seiner ersten Google-Einheit wusste. In der Doku äußert ein Polizist sein Entsetzen darüber, wie jung die Täter seien und wie ungehemmt sie Gebrauch von Schusswaffen machen würden. Der Mörder des Polizisten war erst siebzehn. Früher sei auf die Beine geschossen worden, jetzt handele es sich um Hinrichtungen.

Es war alles einfach nur purer Horror. Wie hieß der Rapper noch mal, den Abdi hörte? Jaffar Byn! Er gab den Namen bei YouTube ein, und während er hörte, wie Jaffar Byn über Jugendliche ohne Zukunft sang und das kriminelle Vorortleben in seinen Liedern romantisierte, las er den Jaffar-Byn-Wikipedia-Eintrag und erfuhr, dass er unter anderem an der Entführung des zu dem Zeitpunkt siebzehnjährigen Rappers Einár, dem schwedischen Eminem, beteiligt war. Also googelte er Einár und hörte sich dessen Lied VOI an, in dem er einen Doppelmord schildert, bei dem die Mörder auf VOI-Rollern unterwegs gewesen waren. Und was er vorher ausgeschlossen hatte: Ihm gefielen die Lieder, die er gehört hatte, so sehr, dass er sich mit Sicherheit auch viele andere Songs dieser Künstler anhören würde. Das Lied wurde vor allem als Anspielung auf den Mord an Jaffar Byns Bruder verstanden. Einár selbst wurde 2021 ermordet.

Mit neunzehn.

Es gab in Schweden also nicht nur einen Bandenkrieg. Sondern auch einen Rapperkrieg. Nepo lud sich mehrere Spotifylisten herunter, und während er auf dem Bett lag und im Wechsel Einár und Jaffar Byn hörte und glaubte, auf diese Weise tief ins schwedische Bandenmilieu einzutauchen, weil fast alle Lieder davon handelten und zumindest Jaffar Byn auch wirklich Bandenmitglied gewesen war, wuchs ein Gedanke in ihm, der ihn nicht mehr losließ: Nepo *musste* sich raushalten! Und das bedeutete: Er *musste* Aisha vergessen!

Mit diesem Gedanken und dem Handy in der Hand schwedischen Gangsterrap hörend schlief er ein, und er wachte erst auf, als sein Handy vibrierte. Es war drei, er hatte anderthalb Stunden geschlafen. In diesen anderthalb Stunden hatte Aisha vier Nachrichten geschrieben, und offensichtlich hatte ihn erst die Vierte geweckt.

Ich habe erfahren, was heute Morgen
passiert ist. Sorry, dass du das erleben
musstest.

Und:
Ich habe schreckliche Angst.

Und:
Jetzt willst du mich wahrscheinlich
nicht mehr wiedersehen, oder?

Und:
Wenn doch: Wollen wir uns am
nächsten Wochenende treffen? Am
Delsjön? Ich war da mal mit der
Schule. Dort kann man gut Kanu
fahren. Und dort sieht und findet
uns niemand.

Nepo lachte. Der Delsjön war ein See, und natürlich hatte er eine Wahnsinnslust, mit ihr einige Stunden an einem See zu verbringen. Sein Herz raste … vor Glück. Ach Aisha, dachte er und schrieb:

Ja, ist schrecklich. Aber natürlich
will ich dich wiedersehen!!! Dann
sehen wir uns also nächste Woche…
schreib, wann ich wo sein soll.

Sie schickte ein Herz und schrieb, dass sie sich dazu noch melden würde. Nepo schickte ein Herz zurück, dann packte er seine Sachen und machte sich auf den Weg, um mit Louis und Ken bouldern zu gehen.

„HEY … wenig geschlafen, oder was?", fragte Ken aufgedreht wie immer.

„Ja, wenig geschlafen", sagte Nepo.

„Warst du schon wieder auf einer Party?", fragte Louis und klang wie Nepos Mutter.

„Nein, bin aber trotzdem müde, gib mir mal einen Schluck ab", sagte Nepo, griff nach Louis' Red Bull und trank die Dose auf ex.

„Das war meine letzte!"

„Aber es war bestimmt nicht deine erste."

„Nee, meine dritte."

„Dann ist ja gut, dass ich sie ausgetrunken habe, so viel Red Bull ist ungesund."

Ken lachte, dann sagte er:

„Ich hab noch ein paar Pillen im Portemonnaie, die verhalten sich zu Red Bull wie Wodka zu Bier."

Ken lachte. Als Einziger.

„Bist du auf der Party nicht ganz so viel losgeworden, oder was?", fragte Nepo.

Ken stutzte und sah nicht mehr ganz so fröhlich aus wie sonst.

„Was meinst du?"

Nepo ärgerte sich über sich selbst. Das war ihm nur rausgerutscht, aber jetzt musste er was auch immer dazu sagen. Und natürlich hätte er nichts gesagt, wenn er sich am selben Morgen nicht mit Abdi unterhalten hätte. Mit Kens Dealer. *Am selben Morgen*. Krass. Alles, was sein Leben auf dramatische Weise verändern könnte, war in den Morgenstunden geschehen. Oder doch schon eine Woche zuvor, als er Aishas Mutter gefolgt war?

„Keine Ahnung, was ich damit meine. Bin nur neugierig. Wenn du von Nachschub redest, klingt das, als würdest du nicht nur für dich kaufen. Deshalb fand ich meine Frage schon berechtigt."

„Ich finde die Frage auch berechtigt", sagte Louis.

Inzwischen hatten sie sich umgezogen, standen vor einer Wand und begutachteten die Routen, die sie klettern wollten.

„Also okay: Wenn jemand Bock auf irgendetwas hat, was ich im Portemonnaie habe, dann gebe ich gern was ab. Manchmal verkaufe ich, manchmal verschenke ich. Je nachdem, wie gut ich mit jemandem befreundet bin."

Louis, der inzwischen in drei Metern Höhe an einem Stein hing, lachte und sagte:

„Dann dealst du also auch?"

Er schien bestens gelaunt zu sein, was durchaus erstaunlich war, schließlich ging es um Drogen.

„Nein", sagte Ken.

„Du verkaufst aber die Pillen manchmal, weil du so viele hast?"

„Ja, manchmal passiert das."

„Okay ... geschafft!"

Louis ließ sich fallen, landete auf der Matratze und rollte sich ab. Dann stand er wieder, schaute Ken an und fragte:

„Ja ... aber Drogen ... und ich rede jetzt nicht von Kaffee, Schokolade oder Red Bull, sondern zum Beispiel von Ecstasy ... zu verkaufen, das nennt man doch dealen, oder?"

Kens notorisch gute Laune, mit der er manchmal auch nerven konnte, war endgültig aus seinem Gesicht gewichen. Mit einer Mischung aus beleidigtem und herablassendem Tonfall sagte er:

„Auf Kindergeburtstagen, von denen du wahrscheinlich noch träumst, wird halt Apfelsaft getrunken. Auf

Spieleabenden, wenn man so ein Rollenspiel-Nerd ist, Energydrinks, weil man da ja manchmal auch bis Mitternacht aufbleiben muss. Und auf echten Partys …"

„So auf den echten Partys, wo die coolen Leute hingehen?"

„Ja, genau. Auf den echten Partys, wo die coolen Leute hingehen, unter anderem auch ich, da wirft man sich halt auch manchmal was ein. Solltest du auch endlich mit anfangen. Dann wärst du ein bisschen entspannter."

„So entspannt wie du gerade?", fragte Nepo.

Louis und Nepo lachten, Ken lächelte immerhin.

„Okay … also wenn es euch aufgeilt: Ja, ich kaufe immer viel ein, und es gibt auf den Partys Leute, die wissen, dass ich immer etwas habe. Und … verschenken … also verschenken tue ich vielleicht mal eine Pille an irgendeinen richtig guten Freund. In der Regel verkaufe ich. Zum fairen Preis."

„Aber teurer?", fragte Nepo.

Wenn er jetzt „ja" sagte, dann war er tatsächlich nichts anderes als ein klassischer Dealer.

„Ja", sagte Ken.

Als er von Louis und Nepo schweigend angeschaut wurde, sagte Ken:

„Also … ich meine … ich trage ja das Risiko. Ich habe das Zeug bei mir. Und ich habe auch den Kontakt …"

Zu Abdi.

„Woher eigentlich?"

So wie sich das Gespräch entwickelt hatte, war diese Frage vollkommen unverdächtig, fand Nepo.

„Von einem, den ich auf der Party kennengelernt habe."

Louis lachte.

„Okay, ich finde das, wenn ich jetzt so drüber nachdenke, irgendwie auch cool. Meine Eltern verdienen einfach so viel Geld, dass ich mir noch nie einen Job gesucht habe. Ich verwöhntes Arschloch bekomme immer alles. Du hingegen … du verdienst schon dein eigenes Geld!"

Nepo lachte laut auf und sagte:

„Ja, so kannst du dir dann auch mal Nikes kaufen. Oder steckst du das Geld deinen Eltern zu, damit ihr abends auch mal was Warmes zu essen habt?"

„Jetzt würde ich gern mal klettern, ist das okay für euch?", sagte Ken.

Louis nickte, und Nepo sagte:

„Ich muss aber erst mal aufs Klo. Hab zu viel Red Bull getrunken."

Bevor er aufs Klo ging, holte er sein Handy aus seinem Rucksack, den er auf eine Bank gelegt hatte. Er hatte drei Nachrichten.

Von Leonie.

Von Judy.

Und von Aisha.

AUF Klo sitzend und pinkelnd begann er zu lesen.

Nachricht 1 (von Leonie)
Bitte melde dich.
Ich weiß, dass ich Schluss gemacht
habe. Aber ich glaube, dass ich in Wahrheit
nur mit dir zusammen sein will. Egal, ob
du in Stuttgart, Göteborg oder am Ende
der Welt lebst.

Nachricht 2 (von Judy)
Hi Nepo! Du schuldest mir noch einen
Kinobesuch. Den habe ich jawohl
wirklich verdient? Was hältst du von
heute Abend?

Obwohl er aufgehört hatte zu pinkeln, blieb er sitzen. Bevor er Aishas Nachricht lesen würde, musste er diese Nachrichten erst mal verdauen – und dafür war ein Klo eh ein guter Platz. Was wollten sie bloß alle von ihm?

An Leonie schrieb er:
Sorry, aber es ist wirklich aus.

Und an Judy:
Sorry, aber heute Abend habe
ich wirklich keine Zeit.

Zuerst hatte er geschrieben „leider keine Zeit". Aber das „leider" hatte er gestrichen. So ein Arschloch, ihr Hoffnungen zu machen, war er dann doch nicht. Und trotzdem fragte er sich, nachdem er auf „senden" gedrückt hatte, ob er Judy nicht direkt die Wahrheit hätte

schreiben sollen. Er konnte ja nun nicht immer „nein"
sagen und sich irgendwelche Ausreden ausdenken. Aber
es war zu spät. Judy hatte die Nachricht schon gelesen.

Nachricht 3 (von Aisha).
Hey, ich will heute Abend ins Kino gehen,
In Indiana Jones. Ich kann mir nicht vorstellen,
dass irgendwer von den Harkimis kommt.
Wenn du Lust hast, können wir uns
direkt im Saal treffen und nicht schon
vor dem Kino. Aber hast du überhaupt
Lust? Ich meine, wir sehen uns
ja auch nächste Woche. Für so einen
Saltholmen-Boy ist das ja vielleicht
komisch, mit einem Biskopsgården-Girl
erst ins Kino und dann an einem See
spazieren zu gehen...

Saltholmen-Boy? Biskopsgården-Girl? Seine Hand
zitterte, als er tippte:

JA!!!

Sie schickte ihm daraufhin einen QR-Code für *Indiana
Jones* im Biopalatset. (Daran, dass „Bio" Kino bedeutete,
hatte er sich erst gewöhnen müssen.)

Popcorn oder Cola?, schrieb er.

Popcorn UND Cola!, antwortete sie.

Besorge ich!!!, antwortete er, beendete seinen
Kloaufenthalt und ging zurück in die Halle.

„Was ist denn mit dir los?", fragte Ken, der gerade begann, eine der schweren Routen zu versuchen.

„Was soll los sein?"

„Na du siehst plötzlich so gar nicht mehr müde aus", sagte Louis.

„Eher als wärst du high", sagte Ken.

„Schade für dich", sagte Louis zu Ken.

„Schade für mich?"

„Ja, er hat bestimmt nicht nötig, dir eine Pille abzukaufen."

Alle drei lachten. Kurze Zeit später verabschiedeten sie sich. Zum Glück fragten weder Ken noch Louis, was er am Abend vorhatte. Oder ob er abends zocken wollte. Denn er hätte sagen müssen, dass er keine Zeit hatte.

Unmittelbar vor Beginn des Films stand er vor dem Biopalatset, einem Kino mit zehn Sälen mitten in Göteborgs Fußgängerzone. An einem Sonntagabend war nicht besonders viel los, und rote Harkimi-Pullover sah er keine. Dennoch war er vorsichtig. Er trug ein Cappy – ein anderes als im Restaurant in Biskopsgården –, und ein weißes Hemd und hatte seine Haare zurückgebunden. Jetzt sah er wahrscheinlich wirklich wie ein Reichenkind aus. Aber das war ihm egal. Hauptsache, er sah *anders* aus als die beiden Male, als ihn die Harkimis gesehen hatten.

Mit einem Eimer Popcorn und zwei Bechern Cola ging er direkt in den bereits abgedunkelten Saal – die Werbung hatte schon begonnen. Er suchte und fand die achte von zwölf Reihen, wo Aisha saß.

OHNE darauf zu achten, wer hinter oder vor ihnen saß, setzte er sich neben sie.

„Hi ... Biskopsgården-Girl", flüsterte er ihr direkt ins Ohr.

„Hi ... Saltholmen-Boy", flüsterte sie zurück, ebenfalls direkt ins Ohr.

Erst jetzt schaute er sie richtig an: Sie sah in ihrer Jeans und dem weißen Kapuzenshirt aus wie die Märchenprinzessin, auf die er tief in seinem Inneren schon seit Langem gewartet hatte.

Hilfe!!! Schon wieder so ein hoffnungslos kitschiger Gedanke. So hatte er bei Leonie nie gedacht. Vielleicht, weil sie quasi ein Paar hatten werden *müssen*, während es jetzt eher einem Wunder glich. Ohne dass er es sich vorgenommen hatte, küsste er sie. Flüchtig, aber auf den Mund. Und dabei merkte er, dass sie angenehm nach Vanille roch.

„Sorry", flüsterte er anschließend. „Ich wollte nicht ..."

„Aber ich wollte, dass du mich küsst."

Und nun küsste sie ihn, und zwar eindeutig *nicht* flüchtig. Und sie küssten und küssten sich, und wenn sie eine Pause machten, schauten sie sich an und küssten sich dann weiter. Es war fast so, als wollten sie nachholen, was in ihrem Zimmer nicht geschehen war. Und plötzlich standen um sie herum alle auf. Die Cola, die sie lachend tranken, war warm und das Popcorn kalt geworden, und wie der Film gewesen war, wussten sie nicht.

Nach dem Film schlenderten sie Hand in Hand durch die Geschäftsstraßen und hofften wahrscheinlich beide darauf, dass irgendwelche Harkimis sie nicht gemeinsam sahen. Und plötzlich, sie schauten sich gerade Kleider in einem H&M-Schaufenster an, fing Aisha zu erzählen an, als hätte sie auf einen passenden Moment gewartet.

„Als wir heute Morgen von der Schießerei erfahren haben, hat Mama eine Panikattacke bekommen. Erst als Abdi sich bei uns gemeldet hat, ging es ihr und auch mir besser. Dass du dabei gewesen bist, hat er mir später geschrieben …"

Jetzt schaute sie ihn eine Weile an. Dann sagte sie:

„Du … pass auf. Ich meine, du konntest ja nichts dafür. Du warst da ja schließlich wegen mir. Aber trotzdem: Pass bitte auf!"

Ohne eine Reaktion abzuwarten, fuhr sie fort:

„Sie hat mir dann erzählt, dass sie sich darüber, also über diese ganze Bandenscheiße, oft mit Abdi gestritten hat. Ich wusste heute Morgen noch nicht wirklich, ob sie alles gewusst hat, aber sie ist ja nun seine Mutter, und sie ist keine dumme Mutter …"

Das hatte Abdi fast im Wortlaut genauso gesagt.

„… sondern das Gegenteil. Sie hat dann erzählt, dass sie ihn ja eigentlich auch dauerhaft nach Somalia zurückschicken wollte, weil sie fand, dass es dort sicherer für ihn ist als hier. Und dass sie es ja auch versucht hat. Da war er fünfzehn, es war am Ende der achten Klasse. Ich dachte damals, dass er seine Ferien in Somalia verbracht hat. Ich war sogar beleidigt, dass ich nicht mitdurfte, und ich hatte keinen Grund, nicht daran zu glauben, dass er wirklich nur für die Ferien dort war, denn am Ende der Sommerferien war er wieder da. Ich weiß noch sehr gut, wie die Drillinge …"

Interessanterweise nannte sie nie die Namen. Ihre Schwestern waren: die Drillinge!

„… sich total gefreut haben, als er wiedergekommen ist. Und ich mich auch. Das war deshalb so komisch, weil Mama und Abdi sich in den Wochen danach extrem oft gestritten haben. So richtig. Dann haben sie irgendwann plötzlich aufgehört sich zu streiten. Als hätte sich meine Mutter damit abgefunden."

„Und du? Wann hast du es denn herausgefunden, wenn du es da noch nicht gewusst hast?", fragte Nepo.

„Als mich eine Freundin vor ungefähr einem Jahr gefragt hat, ob Abdi nicht einen Job für ihren kleinen Bruder hätte. Ich glaube, dass ich von einer Sekunde auf die andere verstanden habe, um was für einen Job es ging und womit Abdi sein Geld verdiente. Und ich habe kapiert, dass ich grenzenlos naiv war. Ich hätte mir vor Wut fast in den Arsch gebissen. Mir war plötzlich klar, dass ich etwas, was vollkommen offensichtlich war, nie habe sehen wollen."

Sie sprach wie ein Mädchen, das in einem Bildungshaushalt umgeben von Tausenden Büchern aufwuchs, Geige spielte und abends zum Theaterkurs ging. Und sofort schämte er sich so zu denken. Und natürlich fragte er sich, ob sein Schwedisch wirklich so brillant war, dass er *das* beurteilen konnte.

„Ich meine, natürlich habe ich gesehen, dass er Mama Geld gegeben hat. Natürlich ist mir aufgefallen, dass wir Schwestern plötzlich oft neue Kleidung bekommen haben. Natürlich habe ich gemerkt, dass er nicht mehr die H&M-Kleidung ..."

Sie standen immer noch vor dem Schaufenster.

„... seines Cousins getragen hat, sondern T-Shirts von Armani. Und mir ist auch aufgefallen, dass er in der neunten Klasse praktisch nur noch geschwänzt hat. Ich habe keine Ahnung, wie das in Deutschland ist. Aber an unserer Schule war das praktisch egal."

Nepo lächelte. Denn genau das hatte er sich gefragt, als Abdi ihm dasselbe erzählt hatte. Ungestraft schwänzen war vermutlich der Traum aller Schüler. In Deutschland aber eher nicht möglich. Jedenfalls nicht an der Schule, an der er gewesen war. Er erinnerte sich daran, wie er einmal geschwänzt hatte. Seine Eltern waren damals sofort angerufen worden. Dann hatte er allen Ernstes an einem Nachmittag alles nacharbeiten müssen. Das war so ätzend gewesen, dass er anschließend keine Lust mehr gehabt hatte zu schwänzen. Nachdem er das erzählt hatte, lachte Aisha und fuhr fort:

„Dabei war er immer gut in der Schule gewesen. In Mathe war er ein richtiges Genie, was mir seine ehemalige Mathelehrerin noch immer ständig erzählt."

Sie machte eine Pause.

„Lass uns ein bisschen weitergehen. Einfach irgendwohin. Tut mir gut."

Nepo nickte, und sie schlenderten weiter.

„Nerv ich dich?"

Nepo schaute sich theatralisch um.

„Redest du mit mir?"

Sie lachte.

„Du erzählst selbst so wenig."

„Weil ich den Eindruck habe, dass du noch nicht fertig bist."

„Wow, ein Junge, der zuhören kann."

„Das ist jetzt aber ein Klischee."

Wieder lachte sie, dann sprach sie weiter:

„Ich habe Abdi direkt darauf angesprochen. Ich habe ihm gesagt, dass ich gefragt werde, ob er einen Job für irgendeinen kleinen Bruder meiner Freundinnen hat. Und ich wollte wissen, ob er etwas mit den Schießereien zu tun hat. Ob er Teil dieses Bandenkriegs zwischen den Tigers und den Harkimis ist, von denen wir natürlich alle etwas mitbekommen haben. Es kannte auch jeder irgendjemanden, der in einer dieser Gangs war. Einer der

Harkimis ist übrigens mit Abdi in eine Klasse gegangen ..."

Nun erzählte sie das, was Nepo schon über die Harkimi-Brüder wusste, aber er unterbrach sie nicht.

Dann blieb Aisha stehen und schaute Nepo an, der sich fragte, ob er nun ganz grundsätzlich dieser megavertrauenserweckende Typ war oder ob Aisha ihm vertraute, weil sie in ihn verliebt war, wie Abdi zu wissen glaubte. Sie erzählte ihm da Sachen ... und schon Abdi hatte ihm Sachen erzählt ... er könnte direkt zur Polizei gehen. Aber wer hätte etwas davon? Ken? Der würde einen neuen Dealer finden. Abdi? Abdi schien sich für diesen Weg entschieden zu haben, und er war ja kein Mörder. Es waren tatsächlich die anderen gewesen, die zuerst geschossen hatten. Und für Abdis Schwestern und seine Mutter wäre es eine Katastrophe. Nein, vielleicht wussten sie, dass Nepo keinen Grund hatte, Abdi auffliegen zu lassen. Nepos Hauptgrund, weshalb er nicht zur Polizei gehen würde, war aber ein anderer: Er wollte Aisha, die sich wie ein Hauptgewinn anfühlte, nicht wieder verlieren. Und vielleicht hatte er Aisha ja vom ersten Augenblick an so angeguckt, dass sie das wusste.

„Heute Morgen hat Abdi auf jemanden geschossen ... der jetzt tot ist. Und natürlich frage ich mich die ganze Zeit, ob ich nicht eigentlich schuld daran bin."

„Du?"

„Ja, ich. Hatte nicht ich die Idee, dass du nachts kommen sollst?"

„Ja ... schon."

„Siehst du."

„Nein ... sehe ich nicht. Ich bin dann ja auch gekommen ... und ich wollte ja auch kommen ... und ..."

Er sprach nicht weiter.

„Und?"

„Für diesen Bandenkrieg kannst du nichts. Und basta."

Aisha sagte eine Weile nichts.

„Vielleicht hast du recht. Aber jetzt ist ein Kopfgeld auf Abdi ausgesetzt, verstehst du?"

Nepo schüttelte langsam den Kopf. Nein, er verstand nicht. Ein Kopfgeld? Gab es so etwas nicht nur in Filmen? Oder in Mafiakreisen in Mexiko oder Italien? Aber … waren die Banden nicht auch auf eine bestimmte Weise organisiert wie die Mafia? Es ging um Drogen, und die Harkimis rekrutierten ihre Mitglieder vor allem aus dem weit verzweigten Familienclan. Dennoch … ein Kopfgeld?

„Du meinst …"

„Ja, das meine ich. Wer Abdi … wer meinen Bruder Abdi tötet, bekommt Geld. Viel Geld. Wie Abdi davon erfahren hat, weiß ich nicht. Aber in der Regel wird wohl dafür gesorgt, dass sich so was schnell herumspricht."

„Warum … warum hast du das nicht gleich erzählt?"

„Der Tag war schrecklich, und ich wollte einfach einen schönen Abend haben. Eigentlich habe ich es dir gar nicht erzählen wollen. Und wie gefährlich das Ganze für mich und dich ist, weiß ich nicht. Aber … ich … ich habe einfach Angst."

Nepo nickte. Dann nahm er sie in den Arm und drückte sie an sich.

NEPO und Louis standen auf dem Pausenhof herum und regten sich gemeinsam darüber auf, dass sie im Englischunterricht *Wuthering Heights* von Emily Brontë lesen mussten. Vor allem in zwei Punkten waren sie sich absolut einig:

1.) Sterbenslangweilig!

2.) Ein Roman für alte Frauen, die sich für schmalzige Lovestorys interessierten.

„Ob er gerade Drogen besorgt hat und sie jetzt verkauft?", fragte Louis und nickte in Richtung von Kens anderer Clique.

Die Clique der Partygänger. Und zu dieser Clique gehörte auch Judy, die jetzt Nepo anguckte, als wäre sie nicht nur enttäuscht, weil er ihr abgesagt hatte, sondern regelrecht wütend. Er zuckte die Achseln, dann sagte er zu Louis.

„Nee, glaub ich nicht. Seinen Nachschub besorgt er sich doch immer freitags. Und ..."

Er sprach nicht weiter.

„Ja?"

„Ach nichts."

Eigentlich hatte er sagen wollen, dass er sich nicht so sicher sei, ob es dieses Mal mit dem Nachschub klappte. Denn vielleicht lebte Kens Dealer inzwischen bei einem Verwandten in Kiruna und hoffte, dass weder ein Harkimi noch ein Auftragskiller Lust darauf hatte, hin- und zurück über dreitausend Kilometer mit dem Auto zu fahren, um dann Abdi eventuell nicht mal zu finden. Nepo ging jedenfalls davon aus, dass Abdi, egal wo er war, alles tat, um nicht entdeckt zu werden. Wie es ihm selbst ging, wusste er nicht so genau. Hatte er Angst? Nein, eigentlich nicht. Die Harkimis hatten es auf Abdi abgesehen, Nepo hätte nur etwas zu befürchten, liefe er ihnen wie im Morgengrauen an der Tramstation zufällig über den Weg. Das hoffte er jedenfalls. Darüber hinaus war er verliebt. Und dieses Gefühl verdrängte gerade alle anderen Gefühle.

„Träumst du wieder?", fragte Louis.

„Wie?"

„Ja, er träumt wieder. Also du bist schon verliebt, oder?", fragte Ajala, die Nepo gar nicht hatte kommen sehen.

„So wie ich in dich!", sagte Louis und küsste sie auf die Wange.

Vor Kurzem hätte Nepo ein solches Verhalten noch kitschig und albern gefunden. Jetzt nicht mehr. Nun begannen sie richtig zu knutschen, als wären sie nicht mitten auf dem Schulhof, sondern in einem abgedunkelten Kinosaal. Nepo schaute ihnen zu und dachte dabei an Aisha.

„Was guckst du?", fragte Louis und lachte.

„Na ja, ist halt doof für ihn, wenn er verliebt ist und sein Schatzi gerade nicht da ist und wir beiden ihm etwas vorknutschen", sagte Ajala.

Sein Schatzi. Auch das klang plötzlich weder albern noch lächerlich.

„Wie heißt sie denn?", fragte Ajala.

Zu gern hätte er geantwortet und vorgeschlagen, etwas gemeinsam zu unternehmen. Eine Kanutour zum Beispiel. Aber das ging nicht. Denn ob sie richtig zusammen oder einfach nur im Kino gewesen waren und dort wild geknutscht hatten, wusste er nicht. Er wusste nur, dass er mit Aisha zusammen sein *wollte*. Und zwar unbedingt. Bevor Nepo sich irgendeine ausweichende Antwort auch nur ausdenken konnte, sagte Louis mit triumphierendem Tonfall:

„Ich weiß, wie sie heißt!"

Es war an der Zeit, dass Nepo reagierte.

„Na, jetzt bin ich aber gespannt."

Mehr fiel ihm nicht ein.

„Ich weiß es auch! Judy!", sagte Ajala.

„Nee, die soll er doch auf der Party vollgekotzt haben."

„Ach stimmt ja."

Louis und Ajala schauten sich an und kicherten ein bisschen dämlich. Dann sagte Louis zu Nepo:

„Aisha!"

Bitte nicht ...

„Aisha?", fragte Ajala, woraufhin Louis vom Handballspiel erzählte.

„Das durfte ich doch erzählen, oder?", fragte er Nepo lachend.

Nein, durftest du nicht, und außerdem grenzt es an Schwachsinn, so eine Frage zu stellen, *nachdem* man was auch immer erzählt hat, dachte Nepo.

„Logisch", sagte er.

Als wäre die Situation nicht schon unangenehm genug, kam jetzt auch noch Judy zu ihnen. Ohne die anderen beiden zu beachteten, sagte sie zu Nepo:

„Hi, du, darf ich mal mit dir sprechen? Und zwar allein."

Ajala lachte, als wäre allein diese Frage der Beweis, dass sie und nicht Louis recht hatte.

„Äh ... ja, klar."

Er nickte Louis und Ajala zu, erntete von beiden ein Grinsen und stand eine Minute später mit Judy in einer abgelegenen Ecke des Pausenhofs. Sie schaute ihn mit versteinertem Blick und verschränkten Armen an und sagte kein Wort. Als die Situation noch peinlicher zu werden drohte, fragte Nepo:

„Ja, was ist denn?"

Er ging davon aus, dass sie ihn wieder fragen wollte, ob er mal Zeit hätte. Um zum Beispiel ins Kino zu gehen. Aber irgendwie sah ihr strafender Blick nicht danach aus.

„Was hast du denn eigentlich gestern Abend gemacht?"

Ach Mist. Sie zwang ihn dazu, sie anzulügen, und wie wahrscheinlich fünfundneunzig Prozent aller Menschen log Nepo nicht mal gern seine Eltern an, und irgendwelche Mitschüler oder gar Freunde erst recht nicht.

„Meine Eltern hatten Hochzeitstag, und da sind wir essen gegangen. In so ein österreichisches Restaurant."

Wow. Das ging leichter als erwartet. Zum Glück kannten sich ihre Eltern nicht.

„Und was hast du gegessen?"

Sie war ganz schön penetrant.

„Na was wohl? Wiener Schnitzel!"

„Hoffentlich hat es gut geschmeckt. Und lass mich raten. Anschließend seid ihr nach Hause gegangen und du hast gezockt?"

„Ja, stimmt. Und du? Was hast du eigentlich gemacht?"

Das interessierte ihn zwar nicht besonders, aber Hauptsache sie wechselten endlich das Thema.

„Ich?"

„Ja, du."

„Das interessiert dich?"

„Sonst hätte ich ja nicht gefragt."

Selten hatte er ein so anstrengendes Gespräch geführt.

„Ich war mit meiner Schwester in *Indiana Jones*. Im Biopalatset. Ich saß übrigens in der zehnten Reihe."

NEPO sagte nichts. Was hätte er auch sagen sollen? Er hatte Judy, die ihn wirklich zu mögen schien, bewusst ins Gesicht gelogen. Er starrte auf den Boden, derart unangenehm war es ihm. Dann riss er sich zusammen und beschloss, wenigstens den Mut aufzubringen, ihrem Blick nicht auszuweichen.

„Sorry, ich hätte es dir sagen sollen", sagte er schließlich.

„Ja, hättest du. Und ich frage mich, warum du es nicht einfach getan hast."

Weil so wenige wie möglich davon erfahren durften, dachte er und sagte:

„Ich … keine Ahnung … ich wusste nicht …"

„Schämst du dich, dass es eine Schwarze ist?"

„Quatsch."

„Warum stehst du dann nicht zu ihr? Sah so aus, als wärst du mit Absicht zu spät gekommen. Ich hatte mich vorher tatsächlich über sie gewundert. Ein Mädchen abends allein im Kino? Doch dann warst plötzlich *du* da!"

„Ich kann es niemandem sagen. Und jetzt beginnt gerade Mathe."

„Scheiß auf Mathe."

Wo sie recht hatte, hatte sie recht.

„Hast du Angst, dass deine Eltern …"

„Nein, auch nicht."

In Wahrheit hatte er keine Ahnung, wie sie reagieren würden. Nach Leonie, der weißen Arzttochter, jetzt die schwarze Putzfrauentochter? Kann sein, dass sie nicht unbedingt begeistert wären. Aber … nein. Sein Vater wäre charmant, und seine Mutter neugierig. Er schaute Judy an, und sie erwiderte seinen Blick. Warum fragte sie ihn bloß derart aus? Wollte sie beweisen, dass er viel besser zu Judy als zu Aisha passte?

„Sie kommt aus Biskopsgården …", begann er und erzählte dann die halbe Wahrheit: Dass ein Cousin von ihr bei den Tigers sei und von den Harkimis gejagt werde, und dass er die Harkimis einmal verarscht hätte – diese Story erzählte er exakt so, wie sie sich zugetragen hatte.

Es war nicht so, dass er Judy gut kannte, dennoch vertraute er ihr. Und er kannte sie immerhin besser als viele andere in seinem Jahrgang, weil sie in seinem ersten Göteborg-Jahr nahezu alle Kurse gemeinsam gehabt hatten und jetzt noch immer in Mathe, Physik, Englisch und Geschichte im selben Klassenraum saßen.

„Die Tigers? Die Harkimis? Klingt nach Los Angeles, aber nicht nach Göteborg."

Nepo lachte. Dann fasste er alles, was er über den Konflikt gelesen hatte, zusammen.

„Wow, du bist ja ein richtiger Experte."

„Ja, bin ich inzwischen. Es wäre übrigens nett, wenn du den anderen nichts erzählst."

„Nee, mache ich nicht. Und du musst auch nicht mit mir ins Kino gehen, damit ich es wirklich nicht mache. Keine Sorge. Ich muss dann wohl damit leben, dass dieser lockige Kerl …"

Sie streichelte ihm einmal durchs Haar.

„… vergeben ist. Es ist hart. Aber auszuhalten. Du warst ja nicht mit mir zusammen und hast mich dann für sie verlassen."

Irgendwie klang das nach megaviel Lebenserfahrung. Als wäre sie schon total alt. Mindestens dreiundzwanzig oder so.

„Ich befürchte nur, dass ich jetzt noch ein bisschen verliebter bin in dich. Das ist natürlich irgendwie blöd. Aber du bist ja schon auf faszinierende Weise verrückt:

Du könntest auf den Segelbooten unserer Eltern – deine Eltern haben doch auch eins? – ..."

Nepo nickte.

„... um die Welt segeln oder auch im Haus meiner Eltern am Pool liegen. Stattdessen hast du dich für dieses Mädchen entschieden."

Das klang jetzt sogar, als wäre sie schon fünfundzwanzig.

„Na ja, sie hat sich ja nun auch für mich entschieden. Keine Ahnung, was sie denkt, wenn sie mich mal zu Hause besucht."

„Wie dem auch sei. Deine Beziehung zu Lena oder wie sie hieß ..."

„Leonie."

„Leonie war ja ziemlich normal. Zu mir wäre sie auch normal. Zu ihr ... also ganz ehrlich, das hört sich jetzt eher an wie so ein Romeo-und-Julia-Ding, nur umgekehrt. Also wenn ihr mal Hilfe braucht ... ich habe ein Auto, ist ja immer nützlich, und meine Eltern haben eine Stuga, so ein klassisches rotes Holzhäuschen am See ganz in der Nähe von Göteborg. Da sind sie aber nie, weil sie viel lieber segeln. Wenn ihr mal fliehen müsst ..."

Sie lachte. Nepo lachte nicht.

„... sag Bescheid."

Dann wischte sie sich mit dem Unterarm einmal über die Augen und ließ ihn stehen. Krass. Hatte er etwa plötzlich eine echte Freundin, auf die er sich zu hundert Prozent verlassen konnte? Und auch eine Freundin, in die er verliebt war? Und sie in ihn?

Die folgenden Tage vergingen schnell. Das lag auch daran, dass er sich mit Aisha jeden Tag hunderte Nachrichten schrieb. Dann fragte sie ihn, ob er noch immer Lust habe, mit ihr am Delsjön spazieren zu gehen, und das hatte er. Sie verabredeten sich für Samstagmorgen.

Einen Tag später standen Louis, Ken und Nepo nach der letzten Stunde auf dem Pausenhof, und Louis fragte Ken direkt:

„Und? Triffst du deinen Dealer?"

„Ja, und bitte: Keine Moralpredigt!"

„Nee, habe dafür eh keine Zeit. Muss nach Hause. Schönes Wochenende. Viel Spaß auf der Party, auf die du wahrscheinlich gehst. Und ich wünsche dir gute Geschäfte."

Der Tonfall, in dem Louis das gesagt hatte, klang allerdings doch nach einer Moralpredigt.

„Ob er mich irgendwann anzeigt?", fragte Ken, als Louis außer Hörweite war, und klang so, als würde er ihm dergleichen wirklich zutrauen.

„Nein", sagte Nepo, der das vollkommen ausschloss.

„Da steht wieder so ein Junge", sagte Nepo und nickte in Richtung eines schwarzen … Fünft- oder Sechstklässlers, der gegenüber von der Schule stand, Lolli lutschte, auf sein Handy starrte und offensichtlich gerade weder Englisch, Schwedisch noch Mathe verpasste.

„Ja, genau! Na dann … wir sehen uns", sagte Ken.

Nepo überlegte nicht lange. Obwohl er nicht nur wusste, dass, sondern obwohl er inzwischen wusste, *wie* gefährlich es war, folgte er Ken.

DIESES Mal ging Ken nicht in den angrenzenden Park, sondern an ihm vorbei in Richtung Fußgängerzone. Allerdings überquerte er den Kanal nicht, hinter dem das eigentliche Zentrum lag, sondern bog links ein und schien auf dem Platz vor der Hagakyrkan, einer Kirche, jemanden zu suchen. Schnell fand er einen weiteren schwarzen Jungen, der auch nicht älter als der andere war und mit seinem Handy in der Hand auf einer Bank saß und etwas zu ihm sagte.

Jetzt ging Ken direkt ins Haga-Viertel, das hinter der Kirche begann. Zuerst an einigen Cafés mit gut besuchten Außenterrassen, Tourishops und Boutiquen vorbei, dann bog er links ab und näherte sich Skansen Kronan, einer auf einem Hügel liegenden Befestigungsanlage, von der man eine spektakuläre Aussicht über Göteborg hatte. Wenn man direkt vom Haga-Viertel kam, erreichte man Skansen Kronan über eine Treppe, die aus so vielen vergleichsweise schiefen Stufen bestand, dass es auf der Hälfte eine Bank zum Ausruhen gab. Nepo konnte Ken an dieser Stelle schwer folgen – Ken musste sich nur umdrehen, dann würde er Nepo sehen. Also blieb Nepo unten stehen und stellte sich nicht direkt ans Ende der Treppe, sondern so, dass er Ken zwar sehen, Nepo selbst sich aber mit einer Bewegung wegdrehen und aus Kens Blickfeld verschwinden könnte. Das war jedoch nicht nötig. Wie auch beim ersten Mal schien Ken gar nicht daran zu denken, sich umzudrehen. Wahrscheinlich war er viel zu scharf auf seine Pillen ... Jetzt blieb er in der Mitte stehen und sprach mit wem auch immer auf der Bank.

Saß dort etwa Abdi, obwohl auf ihn ein Kopfgeld ausgesetzt war? Ken ging weiter, und als er am Ende der Treppe war und den Burghügel betrat, folgte ihm Nepo

138

drei Stufen auf einmal nehmend. Vielleicht würde er aber ebenfalls bei der Bank eine Pause machen, sollte Abdi dort sitzen.

War Nepo eigentlich verrückt? Wenn die Harkimis in der Nähe waren, dann würden sie Abdi und Nepo zusammen sehen. Und das war so ungefähr das Letzte, was geschehen sollte. Aber Nepos Neugierde war zu groß. Er ging weiter, obwohl er keine Ahnung hatte, was er von seiner Aktion erwartete.

Gleich war er auf der Hälfte.

Jetzt!

Auf der Bank saß aber nicht Abdi, sondern dort saßen die beiden Jungs, Mbappé und Messi. Und Nepo glaubte zu wissen, warum sie heute schwarze Hoodies trugen.

Schade. Aber war ja eigentlich klar gewesen.

Nepo wollte, ohne sie zu beachten, an ihnen vorbeigehen. Doch der Orangehaarige stellte sich ihm in den Weg. Das war alles andere als optimal, aber auch nicht wirklich gefährlich. Was sollte schon passieren? Vielleicht hielten sie auch ihn für einen Kunden.

„Halt!", sagte der Orangehaarige.

Nepo gehorchte. Was hätte er auch tun sollen? Besonders beunruhigend fand er die Situation noch immer nicht. Die beiden waren mit Sicherheit im Dienst und würden alles tun, um sich nicht auffällig zu verhalten.

„Du wirst erwartet", sagte der Lilahaarige, der auf der Bank saß.

„Von wem?", fragte Nepo - etwa von Abdi?

„Wirst du sehen", sagte Mbappé, und: „Oben bei den Kanonen."

Die Kanonen waren auf dem Hügel vor der Burganlage, die aussah wie ein überdimensionierter Turm.

Nepo hatte Skansen Kronan gegoogelt, als er das erste Mal hier gewesen war, und glaubte sich zu erinnern, dass die ungefähr zehn Kanonen, die Schweden im 18. Jahrhundert vor einem dänischen Angriff schützen sollten, nie benutzt worden sind.

Als Nepo oben angekommen war, musste er noch einen kurzen Weg gehen, dann war er auf dem Platz vor der Burganlage, und auf einer der Kanonen saß tatsächlich – Nepo hatte es erwartet und seltsamerweise gleichzeitig ausgeschlossen – Abdi und sah aus wie ein Tourist, der sich sonnte.

„Nepo", sagte er und lachte.

„Abdi", sagte Nepo und war zutiefst erleichtert, Aishas Bruder so gesund und munter zu sehen.

„Was … warum …", begann Nepo.

„Warum wir hier sind? Wegen der Harkimis. Hat Aisha vom Kopfgeld erzählt?"

Nepo nickte. Abdi schien damit gerechnet zu haben. Er sagte:

„Weißt du, ich laufe jetzt nicht weg oder so. Irgendwann kriegen sie mich eh. Aber ich will es ihnen wenigstens ein bisschen schwer machen."

Abdi lachte, und Nepo fragte sich: Was war das für eine Einstellung zum Leben? Nicht nur, dass er nicht im Entferntesten alles tat, um sich in Sicherheit zu bringen. Es sah eher so aus, als ob er die Harkimis provozieren wollte. Als würde er eine heimliche Sehnsucht nach dem Tod verspüren.

„Heute sind wir insgesamt acht Leute, die die Zugänge zum Skansen Kronan kontrollieren. Und da ich ja eigentlich immer in der Nähe der Schulen verkaufe, vermuten mich die Harkimis oder diejenigen, die mich umbringen wollen …"

Das sagte er einfach so daher.

„… eher nicht hier. Ist also recht sicher. Aber wer weiß das schon."

„Warum bist du denn überhaupt hier, können die anderen sieben es nicht allein?"

„Doch, schon. Aber weißt du, es geht auch darum, eine Botschaft zu senden. Und meine Botschaft ist ganz einfach: Ich habe vor euch keine Angst."

„Und wie laufen die Geschäfte?", fragte Nepo.

„Gut. Freitage und Samstage sind die besten Tage."

„Wie alt waren die Kinder denn heute eigentlich? Zehn?"

„Zwölf. Kommt jetzt die Moralpredigt des weißen Jungen?"

„Ja."

Sie lachten.

„Beide haben mich um einen Job gebeten."

„Keiner von beiden wird sich vorstellen können, dass auf seinen Kopf irgendwann ein Preis ausgesetzt sein wird."

„Dort wo ich aufgewachsen bin, ist man mit zwölf weiter als die meisten weißen Jungs in Saltholmen mit fünfzehn. Und zum Kopfgeld: Kann gut sein, dass ich nicht mehr lange lebe. Dann ist es so. Wenn einer der Harkimis einen von meinen Leuten umgebracht hätte, dann hätte ich auch alles getan, um ihn zu rächen. So ist das hier. Das sind die Spielregeln. Wir kennen sie. Die Harkimis kennen sie. Das versteht in der weißen Welt halt niemand."

„Du nervst ein bisschen mit deiner *weißen Welt*. Man sollte glatt meinen, du wärst rassistisch."

Wieder lachten sie. Hatte sie die Rollerfahrt im Morgengrauen tatsächlich derart zusammengeschweißt?

„Danke übrigens ... ich meine für deine Rettungsaktion. Hatte ich danach, glaube ich, nicht gesagt. Ist jetzt eher nicht so, dass ich damit gerechnet hatte."

„Ich danke dir auch."

„Wofür?"

Nepo hatte wirklich keine Ahnung.

„Du machst Aisha glücklich. Und dass meine Schwestern glücklich sind, ist mir noch wichtiger, als dass meine Mutter glücklich ist. Und nicht, dass du das jetzt falsch verstehst: Es ist mir wahnsinnig wichtig, dass meine Mutter glücklich ist."

„Äh ... ja, schön. Damit habe ich jetzt auch nicht gerechnet."

„Du dachtest, ich will für meine Schwester einen frommen Muslim aus Somalia, dem sie dann irgendwann sieben Kinder schenkt?"

„Ja, so in etwa."

„Nein, ich will, dass es ihr besser geht als den meisten Somaliern in diesem Land. Und die besten Chancen hat sie, wenn sie aus Biskop rauskommt. Also wäre ich jetzt eher nicht so glücklich, würde sie was mit jemandem aus dem Nachbarhochhaus anfangen."

Abdi bestätigte gerade, dass man in seiner Welt schneller älter wurde. Wenn ein Zwölfjähriger sich verhielt wie ein Fünfzehnjähriger, dann war es zumindest in Abdis Fall so, dass er als Achtzehnjähriger wie ein Achtundzwanzigjähriger sprach. Aber vielleicht war das ja auch kein Wunder: Er kümmerte sich um seine vier Schwestern und seine alleinerziehende Mutter und gleichzeitig führte er so eine Art Unternehmen. Da dachte man wahrscheinlich nicht mehr so viel daran, mit wem man abends League of Legends spielen könnte.

„Ich muss los. Die Zwillinge übernehmen jetzt alles. Wollte dir bloß mal hallo sagen."

„Wo musst du denn hin?"

„Willst du nicht wissen."

„Doch, eigentlich schon."

„Hör zu, ich sage es dir aber nicht. Ich muss etwas tun, was in eurer Welt …"

Bitte nicht schon wieder. Immerhin hatte er nicht „in eurer weißen Welt" gesagt.

„… ein Verbrechen ist. Je weniger du weißt, desto besser für dich."

Nepo nickte. Dann fragte er:

„Aber … du bringst niemanden um, oder?"

Es war das erste Mal in seinem Leben, dass er jemandem eine solche Frage gestellt hatte. Er schaute ihn an. Zumindest das musste er wissen, und das schien auch Abdi klar zu sein.

„Nein. Ich muss mit jemandem reden, der mir Geld schuldet. Und ich werde ihn nicht umbringen. Ich habe noch nie jemanden umgebracht, der nicht mich umbringen wollte, und das ist bisher einmal passiert."

Sie führten dieses Gespräch wirklich, und Nepo fragte sich, wie schlimm es eigentlich war, dass er nicht den Impuls verspürte, wegzurennen und Abdis Welt für immer den Rücken zu kehren. Aber … nein. Er fand es nicht schlimm. Dieser Bandenkrieg war eine Göteborger Realität, von der die meisten Menschen nichts wussten. So wie auch er davon nichts gewusst hatte.

„Darf ich denn jetzt gehen, der Herr?", fragte Abdi und grinste ihn an.

„Ja, du darfst", sagte Nepo und grinste zurück.

In der Tram zurück nach Saltholmen hörte er Jaffar Byn und Einár. Dann, nach einigen Liedern, Beatles und

Rolling Stones. Denn er war Nepo, und Nepo hörte weiterhin Beatles und Rolling Stones und nicht nur Gangsterrap. Aber dass er, das weiße Reichenkind aus Saltholmen, diese Musik mögen und immer wieder hören durfte, das fand er schon.

EIN Partygirl schien Aisha nicht zu sein. Sie hatte allen Ernstes vorgeschlagen, sich am Samstag um zehn Uhr an der Badestelle des Delsjöns zu treffen. Das hieß früh aufstehen, denn für den Weg dorthin benötigte Nepo mit Tram und zu Fuß anderthalb Stunden.

Nimm deine Badehose mit, hatte sie geschrieben, und dieser Satz hatte ausgereicht, dass Nepo einen Augenblick schwindelig geworden war.

Da er unter keinen Umständen zu spät kommen wollte, ging er auf Nummer sicher und stieg um acht Uhr in Saltholmen in die Tram – seinen Eltern hatte er geschrieben, dass er mit Freunden unterwegs sei und Kanu fahren wolle. Nepo hatte eine Sporttasche mit zwei großen Handtüchern, einer Picknickdecke, einer Kanne Kaffee plus Bechern sowie einer Packung IKEA-Haferkekse dabei.

Bei Brunnsparken wechselte er in die 5, stieg Bögagatan aus und musste von dort noch knapp zwei Kilometer gehen. Oder Roller fahren. Zum Glück stand ein Roller an der Tramstation, und so fuhr er stets bergauf eine Straße entlang – die meiste Zeit durch das den See umgebende Waldgebiet. Den Roller ließ er auf dem Parkplatz stehen, von wo aus ein Waldweg direkt zum See führte.

Es war inzwischen Anfang September, und ein herrlicher Spätsommertag kündigte sich an. Die Badestelle lag am Fuß einer abschüssigen Wiese, und wenn man wie Nepo oben stand, dann hatte man einen spektakulären Blick über den friedlich vor einem liegenden See. Nepo kam sich vor wie ein König, der über seine Ländereien blickt und gleichzeitig wie ein Mensch, der sich angesichts der Natur klein und unbedeutend vorkommt.

„Du siehst ja aus, als hättest du noch nie einen See gesehen."

Er drehte sich um. Doch, einen See hatte er schon mal gesehen. Aber ein so hübsches Mädchen noch nicht. Aisha stand definitiv auf weiß: weißer Rock, der kurz, aber nicht zu kurz war, und eine weiße Adidas-Jacke mit blauem Zeichen und blauen Streifen. Der Reißverschluss war so weit hochgezogen, dass Nepo unmöglich ahnen konnte, ob sie unter der Jacke ihren Badeanzug oder nur ein Bikini-Oberteil oder vielleicht ja doch ein T-Shirt trug. Sogar der kleine Rucksack war weiß – viel schien sie im Gegensatz zu ihm nicht mitgenommen zu haben.

„Hi", sagte er, nahm sie in den Arm und küsste sie.

Dann suchten sie einen Platz auf der noch fast leeren Wiese und legten sich auf Nepos Picknickdecke. Sie sprachen erst eine Weile über Schule, bis Nepo fragte:

„Sag mal, wie kommt es eigentlich, dass Abdi mir so sehr vertraut. Wir haben uns gestern gesehen ..."

„Ich weiß, ich weiß aber nicht, ob ich darüber glücklich sein soll. Auch weil *er* es mir erzählt hat und nicht du."

„Sorry, ich ..."

Nepo sprach nicht weiter.

„Schon gut. Nächstes Mal erzählst du es mir gleich, sonst denke ich, du hast Geheimnisse vor mir. Und das will ich nicht."

„Versprochen!"

„Okay. Wundert mich auch ein bisschen. Aber ich denke, dass es daran liegt, dass wir zusammen sind und er unbedingt vermeiden will, dass ich denken könnte, dass er ein Problem für uns sein könnte. Vielleicht will er so beweisen, dass er eben kein großer Bruder ist, der sich ins Leben der Schwester einmischt. Und dann ist da noch eine andere Sache, glaube ich."

146

Bevor sie weitersprach, streichelte sie ihm durchs Haar, und peinlicherweise bekam er am ganzen Körper eine Gänsehaut. Sie sah die Gänsehaut auf seinen Unterarmen und seinen Beinen und lächelte.

„Versuch mal bei mir", sagte sie, und er streichelte ihr durchs Haar, und sie bekam ebenfalls eine Gänsehaut – ob am ganzen Körper, wusste er nicht.

Ein älteres Paar ging in diesem Moment an ihnen vorbei. Sie waren schwimmen gewesen, hatten ihre Sachen wieder zusammengepackt und waren auf dem Rückweg.

„Schau mal, waren wir auch mal so verliebt?", fragte die Frau ihren Mann, schaute dabei aber Aisha an.

„Aber natürlich, und wir sind es doch noch immer", sagte der Mann und zwinkerte Nepo zu.

Dann gab er seiner Frau einen Kuss. Nepo und Aisha lachten und wünschten dem Paar ein schönes Wochenende.

„Was wolltest du eigentlich sagen?"

„Was meinst du?"

„Du hast gesagt, dass es da noch eine andere Sache gibt."

„Ach ja, stimmt. Also, du hast etwas Ehrliches an dir, das fand meine Mutter auch, und ich sowieso. Aber das reicht nicht. Dass er dir derart vertraut, liegt wahrscheinlich daran, dass du mir geholfen hast. Ich meine, du hast ja *wirklich* versucht, seine kleine Schwester zu beschützen. Weißt du, was das in unserer Welt bedeutet?"

„Ganz viel. Denn in der weißen Welt sind die kleinen Schwestern den großen Brüdern grundsätzlich scheißegal", sagte Nepo und merkte, dass er gereizt klang.

Aber diesen ganzen Blödsinn mit den unterschiedlichen Welten konnte er nicht mehr hören.

„Hey, war doch nicht so gemeint. Ich weiß, dass du deine kleine Schwester, wenn du eine hättest, wie ein Löwe verteidigen würdest", sagte Aisha.

Das gefiel ihm: *wie ein Löwe!* Sie sprach weiter:

„Auf jeden Fall hat ihm das imponiert. Dieses Schwarz-Weiß-Denken ist schon extrem bei ihm, musst du wissen. Die Harkimis respektiert er jedenfalls tausendmal mehr als die Weißen, die ihm Drogen abkaufen. Und dann lernt er plötzlich dich kennen! Einen mutigen weißen Jungen aus einem Reichenviertel, der seiner Schwester hilft und ihm ganz direkt Fragen stellt und ihm seine Meinung sagt, was sich viele ja gar nicht trauen. So, genug davon. Freuen wir uns einfach darüber. Ich hatte ja keine Ahnung, wie er sich verhält, wenn ich mal einen Freund habe. Und mit einer Sache hätte ich nie gerechnet: Dass er damit gar kein Problem hat."

Nepo nickte und schenkte sich und Aisha Kaffee ein, und zum Kaffee aßen sie die IKEA-Kekse und schauten auf den See, der wie ein Geschenk vor ihnen lag. Dann gingen sie baden, und dafür musste Aisha nicht nur ihre Schuhe, sondern auch ihren Rock und ihre Trainingsjacke ausziehen, und der Bikini, den sie trug, war natürlich weiß, und sie sah darin einfach nur umwerfend aus. Nachdem sie im recht warmen See geschwommen und um die Wette getaucht waren – Nepo konnte weiter und tiefer tauchen und war auf kindische Weise stolz darauf –, ließen sie sich auf der Picknickdecke auf dem Rücken liegend und dabei Händchen haltend trocknen. Anschließend zogen sie sich an, packten zusammen und machten einen Spaziergang zu einem Kanuverleih in der Nähe. Sie paddelten zu einer Miniinsel, an der sie anlegten und auf der sie von Aisha belegte Brote aßen.

Als sie auf der Insel waren, schaute Aisha zum ersten Mal aufs Handy.

„Oh, Mist", sagte sie.

„Schlechte Nachrichten?", fragte Nepo, dessen Magen sich zusammenzog.

Auch weil ihm bewusst wurde, dass sie eben doch aus unterschiedlichen Welten kamen und es naiv war, dies zu leugnen. Denn in ihrer Welt bedeuteten schlechte Nachrichten: Vielleicht war ihr Bruder erschossen worden. In seiner Welt: Vielleicht hatte ihn ein Lehrer als fehlend eingetragen, obwohl er da gewesen war.

„Nein, aber es ist schon halb fünf. Meine Mutter hat sich dreimal gemeldet, und meine Schwestern sogar …"

Sie machte eine kurze Pause, dann sagte sie:

„… neunundzwanzigmal, weil ich etwas liken soll. Ich like mal ihre Videos und schreibe meiner Mutter."

Auch Nepo schaute auf sein Handy. Seine Eltern hatten ihm beide viel Spaß gewünscht, und Louis und Ken hatten ihm ein Dutzend Nachrichten geschickt, weil sie mit ihm hatten bouldern gehen wollen. Wann hatte Nepo eigentlich zum letzten Mal mehrere Stunden lang, wenn er nicht gerade schlief, nicht auf sein Handy geguckt? Wahrscheinlich, als er noch gar keins hatte.

Sorry, keine Zeit, schrieb er, und Louis antwortete:

Aisha?

Mist, dachte Nepo, der Aisha Louis' Nachricht zeigte.

„Du hast ihm von uns erzählt?", fragte sie.

„Nicht wirklich. Aber er war beim Handballspiel dabei."

Sie lachte und sagte:

149

„Vielleicht erzählst du besser nichts von mir."

„Ich stehe aber zu dir."

„Du stehst zu mir?"

„Na klar, was denkst du denn?"

„Ich denke, dass deine Freunde eher Freundinnen haben, die auch in großen Häusern irgendwo am Meer wohnen."

„Ja, stimmt. Aber *meine* Freundin nicht. Die wohnt in Biskopsgården."

„Und hat einer von ihnen eine schwarze Freundin?"

„Die Freundin meines besten Freundes ist Inderin. Zählt das?"

„Ja."

Sie lachten.

„Du stehst also wirklich wirklich wirklich zu mir?"

„Ja, ich stehe wirklich wirklich wirklich zu dir. Und können wir jetzt mal …"

Er suchte auf Schwedisch die Formulierung „den Spieß umdrehen", hatte aber keine Ahnung, ob es eine solche Redewendung überhaupt gab. Also sagte er:

„Was ich sagen will: Stehst du denn auch zu mir?"

„Also abgesehen davon, dass ich mit dir erst mal noch nicht Hand in Hand durch Biskopsgården gehen werde und ich möchte, dass wir manchmal vorsichtig sind: ja! Okay. Dann haben wir das ja jetzt geklärt. Lass uns zurückpaddeln und zu dir fahren. Ich will mal sehen, wie und wo du wohnst. Es ist ja ein bisschen ungerecht, dass du weißt, wie und wo ich wohne. Sogar meine Mutter und meine Geschwister kennst du."

„Meine Eltern sind mit Sicherheit da."

„Ja und? Hast du ein Problem damit?"

„Nein, gar kein Problem", sagte Nepo.

DIE Frage, wie seine Eltern reagieren würden, ließ ihn auf der Tramfahrt allerdings nicht los. Sollte er Aisha nicht lieber ankündigen? Bestenfalls gleich darauf hinweisen, dass sie die Erwartungen seiner Eltern nicht erfüllen würde? Aber stimmte das überhaupt? Erwarteten sie wirklich, dass er nach Leonie wieder mindestens eine Arzttochter aus heilem Elternhaus anschleppen würde? Was war das überhaupt, ein heiles Elternhaus? Oder eine funktionierende Familie? Funktionierte Aishas Familie nicht auch? Trotz eines abwesenden Vaters? Trotz extrem kleiner Wohnung? Trotz einer nicht gerade optimalen Jobsituation? Trotz eines kriminellen Sohns, auf den ein … Kopfgeld ausgesetzt war?

„Woran denkst du?"

„Na ja, ich bin schon ein bisschen aufgeregt, wie meine Eltern reagieren."

„Soll ich lieber aussteigen und zurückfahren?", fragte sie mit einem Tonfall, den Nepo nicht einordnen konnte.

„Quatsch!", sagte er, und das schien deutlich genug gewesen zu sein, denn Aisha stieg nicht aus.

Dann waren sie da, und Nepo nahm Aisha entschlossen an die Hand. Schon von weitem sah er seine Eltern auf der Dachterrasse sitzen, und sein Vater guckte in ihre Richtung. Er sagte etwas zu Nepos Mutter, die was auch immer am Laptop gemacht hatte. Jetzt guckten beide, und Nepo glaubte, ihre Verwirrung zu erkennen.

Inzwischen waren Nepo und Aisha nur noch zwanzig Meter vom Haus entfernt, und gleich würden sie die Dachterrasse nicht mehr sehen. In diesem Augenblick winkten seine Eltern. Nepo und Aisha winkten zurück, und dann verschwanden Nepos Eltern mitsamt der Dachterrasse aus ihrem Blickfeld. Das Haupttor öffnete sich automatisch, nachdem Nepo einen Code eingegeben hatte.

„Ui. Und Überwachungskameras gibt es auch", sagte Aisha, die eine von vier Kameras entdeckte, die am Dach befestigt waren.

„Ja, Überwachungskameras gibt es auch. Und eine Alarmanlage. Schadet ja alles nicht. Ist aber halb so wild."

Aisha nickte und murmelte:

„Und jetzt kommt Aisha aus Biskopsgården."

Sie schien ein bisschen an Selbstbewusstsein verloren zu haben, aber das war kein Wunder. Ein Wunder war eher gewesen, dass sie unbedingt hatte kommen wollen, obwohl sie sich gerade erst kennengelernt hatten.

„Genau. Jetzt kommt Aisha aus Biskopsgården, und ich will niemand anderes, okay?"

Wieder nickte sie und versuchte zu lächeln. Aber Nepo merkte, wie schwer es ihr fiel.

„Du hältst wirklich zu mir?"

„Zu hundertzehn Prozent."

„Das reicht mir."

Er öffnete die Tür und wollte „Hallo" rufen, doch das war nicht nötig. Seine Eltern hatten sich dazu entschlossen, Aisha gleich im Eingangsbereich zu begrüßen.

„Na, wen haben wir denn da?", fragte sein Vater auf Englisch und lächelte sein Managerlächeln.

„Herzlich willkommen", sagte seine Mutter auf Englisch und lächelte ebenfalls ihr Managerlächeln.

Nepo wusste nicht, ob er darin ein gutes Zeichen sehen sollte. Denn dieses Lächeln setzten seine Eltern wie auf Knopfdruck ein. Zum Beispiel wenn Kollegen, die sie noch nicht lange kannten, zum Essen kamen. In solchen Situationen lachte sein Vater auch nie dröhnend über seine eigenen Witze und guckte Nepos Mutter anschließend triumphierend an. Und seine Mutter schüttelte grundsätzlich nie seufzend den Kopf, wenn sein Vater was auch immer kommentierte oder von sich gab. Aber sie schienen verstanden zu haben, dass sie Englisch reden müssten, und das konnten seine Eltern im Gegensatz zu Schwedisch.

„Hallo, ich bin Aisha", sagte Aisha und lächelte dabei ihr Aisha-Lächeln.

Und es gab nichts Natürlicheres und gleichzeitig Bezaubernderes.

„Ja, also ich kann mir vorstellen, dass du Aisha dann erst mal das Haus zeigen willst", sagte seine Mutter.

„Und wenn ihr schwimmen wollt … Mama und ich müssen eh in die Küche und Essen zubereiten. Ist ja schon … halb sechs", sagte sein Vater.

„Ja, genau, passt es euch denn, wenn wir um halb sieben essen?"

Nepo war seinen Eltern in seinem ganzen Leben noch nie so dankbar gewesen wie in diesem Augenblick. Denn Kochen war nicht so ihr Ding – also ging er davon aus, dass sie die beiden allein lassen wollten und ihnen die Dachterrasse überließen. Also zeigte Nepo Aisha das Haus, und Aisha, von der alle Anspannung abgefallen war, lachte und nannte das Haus „Schloss", und als sie Arm in Arm auf der Dachterrasse standen und in Richtung Schärengarten guckten, konnte sich Nepo nicht vorstellen, wie man noch glücklicher sein konnte als er in diesem Moment.

Alles stimmte: Seine Eltern zeigten sich beim Spaghettiessen von ihrer Schokoladenseite. Sie lächelten, lachten so natürlich wie Aisha und stellten Fragen nach der Schule und ihren Hobbys. Nach dem Essen gingen

Nepo und Aisha in Nepos Zimmer und legten sich direkt aufs Bett.

„Ich weiß, was du jetzt erwartest", sagte Aisha.

„Was erwarte ich denn?"

„Dass ich mit dir schlafe."

Das hatte er definitiv nicht erwartet. Und er wusste auch nicht, ob er das wirklich schon wollte. Denn bevor er mit Aisha schlafen würde, würde er sie ja nackt sehen. Und er war sich ziemlich sicher, dass er dann sofort kommen oder alternativ in Ohnmacht fallen würde.

„Nein, wirklich nicht."

„Ich würde schon gern mit dir schlafen, und du wärst dann der Erste."

Nepo wurde sehr sehr heiß.

„Jetzt?"

„Hast du denn überhaupt Kondome da?"

„Ja."

„Und deine Eltern kommen nicht rein."

„Nein … aber …"

„Dann jetzt!"

NEPO war nicht in Ohnmacht gefallen, als sie sich ausgezogen hatte. Nach einem sehr kurzen Vorspiel (eigentlich nur mit Küssen und Sich-vorsichtig-anfassen) hatte er sich ein Kondom übergezogen. Dann war er über sie gerobbt und geradezu in sie hereingeglitten. Widerstand hatte er kaum gespürt.

Jetzt lagen sie Arm in Arm im Bett und wussten nicht, was sie sagen sollten. Irgendwann begann Nepo:

„Ich … also …"

Zu etwas Tiefsinnigerem war er nicht in der Lage. Aisha lachte und sagte:

„Du brauchst nichts zu sagen."

Sie hatte ihren Kopf auf seine Brust gelegt und lächelte nun still vor sich hin. Sie wirkte glücklich, und Nepo war es auch.

„Wie geht es denn jetzt weiter?", fragte er nach einer Weile.

Er selbst hatte keine Ahnung. Und er hatte Angst vor der Antwort. Gerade wollte Aisha etwas sagen, als es klopfte.

„Nein", rief Nepo sofort, und Aisha kicherte.

„Schon klar, aber wollt ihr vielleicht ein Eis? Außerdem geht die Sonne gerade unter", sagte seine Mutter.

„Wie spät ist es denn?", flüsterte Aisha und suchte ihr Handy.

Als sie es gefunden und raufgeguckt hatte, reagierte sie ähnlich wie nach ihrer mehrstündigen Handyabstinenz auf der Miniinsel:

„Ach Scheiße, meine Mutter hat dreimal versucht, mich anzurufen, und mir sieben Nachrichten geschickt."

„Sorry."

„Warum denn sorry?"

„Weil ich …"

„Eis?", fragte seine Mutter durch die geschlossene Tür hindurch.

„Nein danke", rief Nepo, und zu Aisha sagte er: „Weil ich die Idee hatte, die Handys stumm zu schalten."

„Ach mein Süßer", sagte sie und streichelte ihm durchs Haar.

Wow. „Süßer" hatte auch Leonie einmal zu ihm gesagt, und er war beleidigt gewesen und hatte einen Tag nicht mehr mit ihr geredet. Hatte in seinen Augen wie „Weichei" geklungen. Jetzt mochte er es. Und er hatte keine Ahnung warum.

„Ich hätte es jetzt eher nicht so toll gefunden, hätte bei meinem ersten Mal die ganze Zeit mein Handy geklingelt. Alles gut. Ich muss jetzt aber echt los."

„Du kannst hier bestimmt übernachten."

„Ich bin eine sechzehnjährige Muslimin. Also nein: Ich kann hier definitiv nicht übernachten."

„Okay ... aber du weißt schon, dass diese sechzehnjährige Muslimin gerade mit mir geschlafen hat?"

„Ja, weiß ich, aber ich muss jetzt trotzdem nach Hause."

„Na gut ... mein Vater oder meine Mutter fährt dich bestimmt. Und ich komme natürlich mit", sagte Nepo.

„Auf keinen Fall. Für die ist das doch bestimmt ein Ghetto, wo ich lebe."

„Ist doch egal, was sie denken."

„Die waren jetzt sehr nett zu mir, also lassen wir sie im Glauben, dass ich vielleicht in einem anderen Viertel wohne, okay?"

„Okay."

Nachdem sie das Angebot seiner Eltern, Aisha nach Hause zu fahren, ausgeschlagen hatten, machten sie sich auf den Weg.

„Und wie geht es jetzt weiter mit uns?", fragte Nepo in der Tram und erinnerte sich nicht daran, ob er Aisha nicht bereits zum zweiten Mal genau diese Frage stellte.

„Das weiß ich nicht", sagte Aisha und legte ihren Kopf wie so oft an jenem Tag auf seine Schulter.

Anschließend schwiegen sie eine Weile. Dann sagte Aisha:

„Wir schreiben uns, und am Wochenende können wir uns sehen. So wie heute. Bestenfalls nicht in der Stadt, und in Biskopsgården sowieso nicht."

Nepo seufzte. Es hätte echt leichter sein können. Seltsamerweise dachte er an Judy. Hatte sie ihr Angebot ernst gemeint? Könnten sie vielleicht mal ein Wochenende in der Stuga ihrer Eltern verbringen?

„Und was glaubst du, wie lange wir uns verstecken müssen?", fragte er.

Aisha antwortete sofort, als hätte sie sich darüber schon oft Gedanken gemacht:

„So lange wie die Harkimis Abdi jagen und in dir auch einen Feind sehen."

Nepo schluckte. Und er fragte sich nicht zum ersten Mal: Wo bin ich da bloß reingeraten? Aber weiterhin bereute er nichts.

„Ja, aber was heißt das? Bis sie Abdi …"

Er konnte das Wort kaum aussprechen.

„… getötet haben?"

Jetzt seufzte sie.

„Sag so was nicht. Vielleicht einigt er sich auch. Gibt ihnen Geld oder seine Kontakte. Aber … "

Sie sprach nicht weiter. Nach einer Weile sagte Nepo:

„Aber dafür ist er vermutlich viel zu stolz?"

„Ja, und vielleicht …"

Wieder sprach sie nicht weiter, und wieder glaubte Nepo zu wissen, was ihr durch den Kopf ging.

„Und wahrscheinlich befürchtet er, dass seine Freunde dann ihren Job verlieren würden", sagte er.

Sie nickte.

„Du kennst Abdi echt gut. Ja, so ist es wohl."

„Was ist eigentlich mit Mbappé und Messi?"

„Mbappé und Messi?

„Die Zwillinge im Trikot mit den gefärbten Haaren."

„Die sollten sich eigentlich lieber auf Fußball konzentrieren. Das hat auch Abdi zu ihnen gesagt. Die beiden stehen aber wohl einfach zu sehr auf Schmuck und teure Klamotten. Manchmal glaube ich noch immer, dass die gar nicht wissen, wie gefährlich das ist. Die tragen ja oft nicht mal schusssichere Westen, oder sie sitzen in Biskopsgården einfach vor einem Café herum."

Stimmt. Dort hatte Nepo sie zum ersten Mal gesehen. Und einen Augenblick später hatten die Harkimis plötzlich an Aishas Tisch gesessen.

„Wie gefährlich ist das eigentlich für dich? Ich meine so auf einer Skala von null bis zehn"

„Du bist echt süß", sagte Aisha und streichelte ihm wie immer, wenn sie solche Sachen sagte, durchs Haar.

„Warum denn jetzt schon wieder?", fragte Nepo.

„Weil du dich gerade überhaupt nicht fragst, wie gefährlich das für *dich* sein könnte. Ich denke auf deiner Skala so ungefähr zwei von zehn. Könnte schon sein, dass sie mich Schlampe nennen oder sagen, dass ich schon mal einen Sarg für Abdi kaufen soll. Aber mehr nicht. Eine Sache muss man den Harkimis lassen: Die tun Frauen und Mädchen nichts. Davon hat auch Abdi noch nie etwas gehört, und deshalb hat er mehr Angst um dich."

Nepo nickte. Eigentlich hätte auch er jetzt Angst bekommen müssen. Bekam er aber nicht. Vielleicht war er dazu einfach zu verliebt? Er hatte jedenfalls den Eindruck, dass er den Rest seines Lebens nie wieder schlecht gelaunt sein könnte. Inzwischen waren sie bei Brunnsparken, und dort war das Chaos noch größer als üblich. An den verschiedenen Haltestellen standen zum Teil mehrere Trams hintereinander.

„Was ist denn hier los?", sagte Nepo mehr zu sich selbst als zu Aisha und guckte auf sein Handy.

Die erste Nachricht auf der App des öffentlichen Nahverkehrs lautete, dass der Verkehr in Richtung Hisingen wegen eines Unfalls in beide Richtungen eingestellt sei.

„Was machen wir denn jetzt? Ist eh blöd, dass wir hier zusammen herumstehen müssen", sagte Aisha, nachdem auch sie nachgeschaut hatte.

„Wir nehmen einen Roller."

Schnell fanden sie einen Roller, und dann geschah das, wovon Nepo gleich am ersten Tag geträumt hatte: Er fuhr gemeinsam mit Aisha, die ihre Arme von hinten um ihn geschlungen hatte und deren Haare wahrscheinlich wirklich im Wind wehten, über die Hisingsbron. Links von ihnen floss der Göta älv in Richtung offenes Meer.

Nepo hatte den Eindruck zu fliegen, derart leicht fühlte sich alles mit Aisha an. In der Nähe ihres Häuserblocks verabschiedeten sie sich, und so ging der schönste Tag seines Lebens zu Ende.

AN ihrem Rekordtag hatten sie sich vierhundertachtundfünfzig Nachrichten geschrieben, und jeden Abend startete einer von ihnen einen Videoanruf, aber die Tage vergingen viel zu langsam. Hatte er sich jemals derart danach gesehnt, mit einem anderen Menschen zusammen zu sein? Nein.

Und dann war wieder Freitag.

„Aber an diesem Wochenende kommst du mit bouldern, oder?", fragte Louis und riss ihn aus seinen Gedanken – wie immer standen sie nach dem Unterricht auf dem Pausenhof herum.

„Und mit auf eine Party? Morgen feiert Haralds Nachbar", sagte Ken.

„War der auch auf Haralds Party?", fragte Nepo.

„Ja."

„Na dann will er bestimmt nicht, dass ich komme."

Sie lachten, sogar Louis lachte und fragte erneut, ob Nepo mit bouldern komme.

„Ja, kommt Ajala auch?"

„Abholen tut sie mich auf jeden Fall, vielleicht kommt sie auch mit."

War jetzt nicht der passende Moment, von Aisha zu erzählen? Dann könnte er gleich fragen, ob sie mitkommen könnte. Aber ... nee ... er musste schon zuerst Aisha fragen, wie offiziell ihre Beziehung in ihren Augen denn nun war. Also schrieb er ihr, und sie antwortete:

Klar, Süßer. Und ja, wenn die
anderen nichts dagegen haben,
komme ich auch gern mit zum
Bouldern.

Nepo antwortete mit drei Herzen und fragte seine Freunde:

„Darf ich jemanden mitbringen?"

„Aisha!", sagte Louis und lachte.

„Aisha?", fragte Ken, und Louis erzählte vom Handballspiel.

Jetzt lachten beide.

„Ja", sagte Nepo.

„Wie, ja?", fragte Louis.

„Ja, Aisha."

Jetzt lachten beide nicht mehr. Ken schaute ihn fragend und Louis enttäuscht an. Was war los mit den beiden? Hätte er es doch nicht erzählen sollen? In diesem Augenblick gesellte sich auch Ajala zu ihnen und versuchte Louis zu küssen, aber er drehte sich weg.

„Was ist denn, Schatz?", fragte sie.

„Nepo hat eine Freundin und mir nichts erzählt."

Deshalb wirkte er also enttäuscht, was Nepo nicht weiter bedenklich fand.

„Das ist doch toll!", jauchzte Ajala.

„Locker bleiben", sagte Nepo zu Louis und fuhr fort: „Weiß ich doch selbst erst seit einer Woche. Und du hast mir geholfen, sie richtig kennenzulernen. Wenn das nichts ist."

Immerhin huschte ein Lächeln über Louis' Gesicht.

„Waasss??? Jetzt bin auch ich beleidigt!", sagte Ken, der lachte und absolut nicht beleidigt wirkte.

„Aisha?! Also wenn ich Louis richtig verstanden habe, ist das eine Schwarze?", fragte Ken.

„Ja. Hast du damit ein Problem?"

„Nee, ich doch nicht! Aber schon krass."

„Ja, krass, finde ich auch", sagte Louis.

„Könnt ihr mal aufhören mit eurem dämlichen *krass*? Und wenn ihr schon dabei seid: Findet ihr mich auch krass?"

„Natürlich finden wir dich auch krass!", sagte Ken, und wieder lachten alle.

„Okay, also dann kommt sie morgen zur üblichen Zeit mit zum Bouldern?"

„Ja, cool!", sagte Louis, und Ken:

„Cool! Und irgendwie ja auch krass. Und anschließend kommt ihr alle mit zur Party?"

„Eher nicht", sagte Louis, und auch Nepo sagte ab.

„Ihr seid echt öde. Na dann halt nicht. Ich muss jetzt los, dahinten steht der Junge, der mir sagt, wo ich meinen *D-e-a-l-e-r* treffe."

Während er das Wort vollkommen übertrieben aussprach, guckte er grinsend Louis an, der aber gelangweilt abwinkte.

„Bist du eigentlich sein einziger Kunde von unserer Schule?", fragte Nepo.

„Keine Ahnung. Ich habe mit ihm jedenfalls einen Termin um Punkt drei. Vielleicht kommt ein anderer ja schon um zehn nach drei. Geht mich ja nichts an."

Und weg war er, und Nepo wusste, dass er ihm wieder folgen würde, um Abdi zu treffen.

„Wir hauen dann auch ab. Bis morgen", sagte Louis, der Ajalas Hand nahm.

Endlich waren auch sie weg. Leider sah Nepo Ken nicht mehr. Daher ging Nepo direkt zum Skansen Kronan, und wenn Abdi dort nicht wäre, würde Nepo Abdi diesen Freitag nicht sehen können.

Dann war er im Haga-Viertel ... und in einem der Cafés saßen ... nein ... doch ... dort saßen zwei Harkimis. Einer von ihnen war definitiv Babyface, und sein Kumpel sah auch nicht älter aus. Sie aßen Kanelbullar, tranken irgendein Heißgetränk und tippten auf ihren Handys herum. Nepo ging mit so viel Abstand wie möglich und ohne in ihre Richtung zu gucken mit gesenktem Kopf an ihnen vorbei. Waren die beiden zufällig da? Nein. Der Zufall wäre einfach zu groß, wenn die Tigers wirklich in unmittelbarer Nähe verkauften.

Scheiße! Auf Abdi war ein Kopfgeld ausgesetzt, und hier saßen zwei Harkimis.

Scheiße, scheiße, scheiße.

Und Ken war vielleicht gerade dabei, seine Pillen zu besorgen.

Auch das: scheiße, scheiße, scheiße.

Hoffentlich passierte nicht das, was Nepo befürchtete.

Aber er hoffte vergeblich, denn in diesem Moment wurde in unmittelbarer Nähe geschossen!

Ganze Salven wurden abgefeuert, und es klang so, als würde sich alles direkt in den Gassen des Haga-Viertels zutragen und nicht auf dem Skansen Kronan.

Im selben Augenblick kamen Schreie von fast überall, und viele auf den Terrassen sprangen auf.

Tische und Stühle fielen um, Becher und Teller zerschellten auf dem Boden, und die Scherben blieben neben angebissenen Kanelbullarn liegen.

Manche verschanzten sich, indem sie die Tische so kippten, dass sie ihnen fast vollständig Schutz boten.

Kinder begannen zu schreien, einige panikartig zu heulen.

Mütter und Väter, denen man die Angst ansah, legten die Arme um ihre Kinder und eilten im Laufschritt mit ihnen in Richtung Göteborger Innenstadt, während Nepo versuchte, sich dem Strom entgegen in Richtung Skansen Kronan zu drängeln.

Warum er das tat, hätte er niemandem erklären können. Es war nicht so, dass er sich was auch immer überlegt hatte.

Als zwei Mopeds auftauchten und die Fahrer, deren Gesichter man wegen der Helme und über die Nasen gezogener Halstücher nicht sah, in ihren roten Pullis in die Luft feuerten und mit laut aufheulenden Motoren durch die Fußgängerzone rasten, brach regelrechte Hysterie aus – jetzt fingen selbst die Väter und Mütter an zu schreien, die ihre Kinder im Arm hielten.

Dann wurde es plötzlich ruhiger. Die Mopeds hatten das Haga-Viertel verlassen und waren entweder auf dem Weg zur Älvsborgs- oder zur Hisingsbron oder vielleicht blieben sie auch erst mal auf dieser Seite, um nicht auf ihrem Rückweg in eine Polizeikontrolle zu geraten. Die Plätze, auf denen Babyface und sein Freund gesessen hatten, waren leer. Sie hatten ihren Auftrag vermutlich erfüllt.

Die Polizeiwagen, die mit Blaulicht ins Haga-Viertel aus verschiedenen Richtungen einbogen, kamen zwar zu spät, sie sorgten aber dafür, dass sich die Lage weiter beruhigte. Ein Kellner begann sogar wieder Tische aufzustellen, viele Touristen holten ihre Handys heraus und riefen wen auch immer an, machten Fotos oder filmten.

In diesem Augenblick bog ein blonder Junge mit Sonnenbrille und BOSS-T-Shirt um die Ecke. Er konnte kaum gehen, so sehr zitterte er.

„Ken!", rief Nepo.

„Nepo ...", rief Ken, der sich nicht zu wundern schien, auf Nepo zu treffen.

Ken wankte auf ihn zu. Er nahm seine Sonnenbrille ab und legte dann seinen Kopf auf Nepos Schulter ... und weinte. Noch nie war ihm jemand auf diese Weise in den Arm gefallen, aber unangenehm war es ihm nicht. Im Gegenteil. Selten zuvor hatte er sich so stark und nützlich gefühlt. Er tat das, was die Eltern taten, und streichelte Ken über den Kopf und legte dann seine Hände auf dessen Schultern.

„Oh mein Gott", stammelte Ken.

Jetzt erzählte er etwas, und Nepo verstand kein Wort.

„Wie bitte?"

„Die haben da oben geschossen … aufeinander … und am Ende lagen zwei Jungs auf dem Boden … dem einen haben sie regelrecht das Gesicht weggeschossen … es war … so was hab ich noch nie gesehen."

Nach einer kurzen Pause, in der er einige Male tief ein- und ausatmete, sagte er:

„Das war Krieg!"

WAR Abdi eines der Opfer? Er trug zwar eine schusssichere Weste. Aber eine solche Weste nützte nichts, wenn einem in den Kopf geschossen wurde. Nepo atmete langsam ein und aus. Ken hatte sein Gesicht noch immer in Nepos Schulter vergraben, als glaubte er, sich auf diese Weise verstecken zu können. Es schmerzte Nepo, aber er würde sich nicht länger um Ken kümmern können.

„Ich muss mal telefonieren", sagte er.

„Kein Problem", nuschelte Ken.

„Wartest du hier auf mich? Dauert nicht lange."

„Du willst … bitte … bitte lass mich nicht allein", wimmerte Ken.

„Setz dich erst mal auf einen der Stühle", sagte Nepo und zeigte zur Caféterrasse, die zwei Kellner gerade aufräumten.

Ken nickte, torkelte wie ein Betrunkener zu einem Stuhl und ließ sich auf ihn fallen, als hätten ihn auch seine letzten Kräfte verlassen. Sein Blick war auf Nepo gerichtet, und sein Blick wiederholte, was er zuletzt zu ihm gesagt hatte: Bitte, bitte lass mich nicht allein.

Nepo rief Aisha an. Sie nahm sofort ab.

„Hey … was ist passiert? Du rufst doch sonst nicht einfach so an."

„Kann ich nicht am Telefon sagen. Kannst du so schnell wie möglich kommen? Du kannst mit der 6 zu Linnéplatsen fahren, dann können wir im Slottsskogen spazieren gehen."

„Machst du etwa Schluss?", fragte sie.

„Nein."

„Wirklich nicht?"

„Wirklich nicht."

„Versprochen?"

„Versprochen."

„Okay … dann bis gleich.“

Nepo hatte den Eindruck, alles um ihn herum würde sich drehen. Vielleicht war Abdi tot. Und wenn das der Fall sein sollte, würde das die schrecklichste Nachricht sein, die er jemals bekommen hatte. Er ging zu Ken und legte ihm die Hand auf die Schulter.

„Ich muss los. Schaffst du es nach Hause, oder soll ich dir ein Taxi rufen?“

Er schüttelte den Kopf.

„Was meinst du? Du schaffst es nicht nach Hause und ich soll dir auch kein Taxi rufen?“

Dieses Mal nickte Ken.

„Du … ich muss wirklich los.“

„Lass mich nicht allein“, sagte Ken wieder im wimmernden Tonfall.

„Wenn du zu Hause bist, beruhigst du dich bestimmt wieder.“

Er schüttelte den Kopf.

„Warte mal, ich habe eine Idee“, sagte Nepo und rief Judy an.

Auch sie nahm sofort ab und wunderte sich über seinen Anruf. Er erzählte ihr, was passiert war, und fragte, wo sie sei und ob sie sich um Ken kümmern könne.

„Zu Frage eins: auf dem Schulhof. Zu Frage zwei: Ich soll mich um Ken kümmern? Also nicht um dich?“

„Ja, um Ken. Nicht um mich“, sagte er.

Am anderen Ende der Leitung Schweigen.

„Judy?“, fragte er.

Sie seufzte und sagte, dass sie noch nie so kurz nach einem Verbrechen am Tatort gewesen sei, und so wie sie das sagte, klang es fast schon lustig. Sie versprach, so schnell wie möglich zu kommen und dass es ungefähr zehn Minuten dauern könne.

„Und wahrscheinlich gehst du dann trotzdem nicht mit mir ins Kino?"

Nepo sagte nichts. Es war nicht so, dass er sich nicht bewusst war, was er von Judy verlangte.

„War ein Witz", sagte sie.

„Danke!"

„Immer gern."

Wieder seufzte sie, dann legte sie auf.

„Ken, Judy kommt in zehn Minuten und bleibt bei dir."

„Judy?"

„Ja, Judy, die findest du doch okay, oder? Und ihre Schultern sind gemütlicher als meine."

Immerhin huschte ein kurzes Lächeln über Kens Gesicht.

„Ich muss dann jetzt los", sagte Nepo.

„Danke", sagte Ken, der seine Sonnenbrille noch immer nicht wieder aufgesetzt hatte, sondern sie abwechselnd in der rechten und linken Hand hielt, als wüsste er nicht, was er mit ihr machen sollte.

Nepo ging die Linnégatan entlang, bei der es sich um eine viel befahrene Straße – gerade fuhren weitere Polizeiwagen mit Blaulicht in Richtung Haga Viertel – mit Restaurants und Geschäften handelte, die den Järntorget mit dem Slottsskogen verband und zum Linnéplatsen führte. Der Platz war eigentlich nichts weiter als eine Tramstation und Bushaltestelle mit Kiosk und Toilettenhäuschen. Hier wartete Nepo und dachte nach.

Wie würde es weitergehen, sollte Abdi wirklich tot sein? Würden Aisha, ihre Mutter und die Drillinge diesen Verlust überhaupt verkraften? Oder würde die Mutter

168

nach Somalia zurückziehen? Also ins Land, aus dem sie mit ihrem Mann und Abdi wegen des Bürgerkriegs geflohen war. Nicht auszudenken, wenn dem so wäre.

Am Linnéplatsen musste Nepo zum Glück nicht lange warten. Aisha stieg aus der zweiten 6, die kam.

„WAS ist los?", fragte Aisha, nachdem sie Nepo mit einem Kuss begrüßt hatte.

„Lass uns zu den Elchen gehen", sagte Nepo, anstatt auf Aishas Frage zu antworten.

„Zu den Elchen?"

„Ja, zu den Elchen", sagte er und zeigte in die Richtung des Slottsskogens, wo die Gehege waren.

„Deshalb sollte ich kommen? Weil du mir Elche zeigen willst?"

„Nein, natürlich nicht, aber hast du denn keine Lust, Elche zu sehen?"

„Doch, schon. Aber was ..."

„Erzähl ich gleich."

Nepo nahm ihre Hand, und sie gingen los. Der Slottsskogen bestand aus einem unteren und einem oberen Teil. Im unteren Teil gab es zwei Seen, eine riesige Wiese, einen Spielplatz und breite, zum überwiegenden Teil asphaltierte Wege, auf denen theoretisch auch Autos fahren konnten, während der obere Teil hügelig und waldig war und man oft auf schmalen, manchmal auch steilen Pfaden ging.

„Was ist denn nun?"

„Du musst Abdi anrufen!"

Dann erzählte Nepo, was geschehen war. Sie waren noch nicht mal bei den Elchen, und Aisha brauchte bereits eine Pause. Aber nicht, weil ihr die Puste ausgegangen war, sondern weil sie, wenn Nepo sie nicht gehalten hätte, vermutlich umgekippt wäre. Also setzten sie sich auf eine Bank, von der aus sie einen Blick über die benachbarten Waldgebiete hatten, die nicht mehr zum Slottsskogen gehörten. Sie rief Abdi an, der nicht abnahm.

„Das hat nichts zu bedeuten, er nimmt fast nie sofort ab", sagte sie, und dann: „Ich wünschte fast, er wäre tot."

Er schaute sie entsetzt an. Hatte sie das wirklich gesagt?

„Du …"

„Nein, natürlich wäre das schlimm für mich. Richtig schlimm. Und für meine Mama noch schlimmer. Aber … Abdi, der hat keine Angst vor dem Tod. Gar keine. Wahrscheinlich hat er zu viel Jaffar Byn gehört. Kennst du den?"

„Ja. Seitdem du mir erzählt hast, dass Abdi Jaffar Byn hört, höre ich ihn auch."

Aisha lächelte, und noch nie hatte Nepo ihr Lächeln so gut getan. Er sagte:

„Und ich weiß, dass Jaffar Byn die, wie soll ich sagen, die Gangsterwelt ziemlich romantisiert. Dass es in vielen Liedern aber auch um den Tod geht. Und darum, wie die Mütter leiden. Einár höre ich übrigens auch. In seinen Liedern geht es um dasselbe."

Jetzt lachte Aisha.

„Dabei haben sich die beiden ja ohne Ende gehasst."

„Ja, das, was die Harkimis und Tigers mit Waffen austragen, haben sie mit ihren Liedern gemacht", sagte er und fragte sich, ob das eine Nummer zu klugscheißerig geklungen hatte.

Anscheinend nicht. Denn Aisha, die zumindest für einige Minuten Abdi vergessen zu haben schien, war sichtlich beeindruckt. Sie sagte:

„Du bist nicht mal Schwede, und dann wohnst du noch in Saltholmen. Wahrscheinlich bist du der Einzige deiner …"

„Art?"

„… deiner Art, der Jaffar Byn und Einár hört und sich mit deren Musik auskennt."

In diesem Augenblick vibrierte Aishas Handy.

Sie schaute aufs Display. Dann seufzte sie, und es sah aus wie ein Seufzen der Erleichterung. Und das war es auch.

„Abdi!", sagte sie und nahm den Anruf entgegen.

Sie sprach eine Weile mit ihm, sagte oft „ja" und manchmal etwas auf Somali.

„Ich soll dich grüßen", sagte sie, als sie zu den Elchen gingen, deren Gehege ganz in der Nähe war.

Aisha jauchzte auf, als sie die Elchkuh mit ihren beiden Kälbern sah. Sie, die in Göteborg geboren war, war offensichtlich noch nie hier gewesen. Und es schien so, als wollte sie diesen Moment genießen, ohne über Abdi zu reden. Die Elche standen um einen Baum mit einem schmalen Stamm herum und zupften Blätter von den Zweigen, die sie dann kauten. Was für ein friedlicher Anblick.

Erst als Nepo und Aisha eine steile Treppe hinunter in den unteren Teil gingen, erzählte sie vom Anruf.

„Einer von seinen Freunden ist erschossen worden. Aber keiner von den Zwillingen. Und keines der Kinder. Die Zwillinge und er haben natürlich zurückgeschossen und einen der Harkimis erwischt."

„War das einer von den drei ..."

„Nein. Einer, den Abdi nur vom Sehen kannte."

„Und ... wie geht es jetzt weiter? Hat sich was verändert?"

Aisha nickte.

„Er geht davon aus, dass er jetzt noch mehr gejagt wird. Dass sie ihn aktiv suchen werden. Vorher haben sie das anderen überlassen."

„Anderen?"

„Ja, anderen. Sie wollten sich selbst nicht die Finger schmutzig machen. Deshalb das Kopfgeld. Dann erledigt so was irgendein Fünfzehnjähriger, der einfach geil aufs Geld ist und anschließend was zum Rumerzählen hat."

Krass. Alles daran war einfach nur extrem krass. Auch mit welcher Ruhe Aisha ihm alles erzählt hatte, war extrem krass. Er stellte sich Leonie vor, wie sie mit demselben Tonfall so was zu ihm sagen würde. Nein … das war schlicht außerhalb seiner Vorstellungskraft. Wenn Leonie von Problemen erzählt hatte, war es darum gegangen, dass sie im Ballett nicht die Hauptrolle hatte tanzen dürfen. Und einmal war sie einen Tag zu spät in einen Laden gegangen, und dann hatte es einen bestimmten Pullover nicht mehr gegeben. Und wirklich schlimm war es gewesen, als eine ihrer Freundinnen in Französisch eine bessere Arbeit als sie geschrieben und damit angegeben hatte, obwohl sie einen Spickzettel benutzt hatte. Und es war nicht so, dass Nepo daran auch nur entfernt etwas lächerlich gefunden hatte: Das war ja auch die Kategorie Probleme gewesen, mit der er zu kämpfen gehabt hatte.

Bis er Aisha kennengelernt hatte.

„Abdi überlegt, ob er sich stellen soll. Auch für uns."

„Der Polizei? Ich dachte …"

„Quatsch!", sagte Aisha mit einem Tonfall, als hätte er etwas Dummes gesagt.

Dann streichelte sie ihm einmal über die Wange und sagte:

„Manchmal lebst du doch noch in …"

„Lass das. Schon gut. Er will sich den Harkimis sozusagen ausliefern. Und ich habe es auch kapiert: Würde er zur Polizei gehen, könnte es für euch sehr gefährlich werden, weil das … wie soll ich sagen … etwas Unehrenhaftes ist."

Aisha nickte, und Nepo schluckte. Das bedeutete, dass Abdi definitiv bereit war, für seine Schwester und ihr Liebesglück zu sterben. Und damit auch für ihn.

„Ich habe ihn angefleht, das nicht zu tun. Obwohl sie ihn ja vielleicht gar nicht umbringen würden … aber was, wenn doch?"

Nepo zuckte die Achseln. Was sollte er auch dazu sagen? Irgendwie herrschte in seinem Kopf eine seltsame Leere. Und ein eigenartiges, taubes Gefühl hüllte ihn ein. Als hätte er drei Nächte in Folge nicht geschlafen.

„Aber …", begann er und brach sofort ab.

Er hatte Angst, die Frage zu stellen, weil er Angst vor der Antwort hatte. Dann fragte er aber doch:

„Hat er irgendwas zu uns gesagt? Glaubt er, dass es jetzt gefährlich beziehungsweise gefährlicher für uns wird?"

Sie nickte und fragte:

„Bleibst du trotzdem bei mir?"

„Ja! Aber hat er etwas Genaueres gesagt, oder nur, dass es jetzt gefährlicher wird?"

„Er hat gesagt, dass er zwar ausschließt, dass sie meiner Mutter oder den Drillingen etwas tun. Dass er aber denkt, dass sie vielleicht über uns versuchen, an ihn ranzukommen. Wir sollten uns, hat er gesagt, an diesem Wochenende nicht in der Stadt und auf keinen Fall in Biskop sehen lassen. Er hat gefragt, ob es denn vielleicht möglich wäre, dass ich das Wochenende bei dir bin. In der Zwischenzeit überlegt er sich, was er selbst tun kann. Mit meiner Mutter hat er schon geredet. Die hat er natürlich zuerst angerufen."

Nepo sah sie erstaunt an. Was war das für ein Wahnsinnsvorschlag? Aber natürlich müsste er seine Eltern fragen.

„GAR kein Problem", sagte sein Vater, als Nepo fragte, ob Aisha das Wochenende in Saltholmen verbringen könne.

„Du bist herzlich willkommen", sagte seine Mutter zu Aisha, die verlegen neben Nepo stand.

„Wir bestellen gleich Pizza, und morgen haben wir den ganzen Tag einen Workshop", sagte sein Vater, als wollte er erstens betonen, dass es auch etwas Warmes zu essen geben würde und zweitens, dass sie sich auf den Samstag freuen könnten.

„Am Samstag?", fragte Nepo erstaunt.

„Ja, am Samstag. Ist doch schön. Das Haus gehört dann euch", sagte er und zwinkerte Nepo ein bisschen albern zu.

„Aisha, du kannst natürlich gern im Gästezimmer schlafen", sagte seine Mutter.

Nepos Vater lachte laut auf, während Nepo Aisha fragend ansah. Sie schüttelte den Kopf und sagte:

„Ist schon in Ordnung."

„Aber wir können euch ja noch eine Matratze und natürlich Bettwäsche geben", sagte seine Mutter, und wieder lachte sein Vater.

„Kannst du mal aufhören", zischte seine Mutter.

„Klar kann ich das. Gute Idee mit der zweiten Matratze", sagte sein Vater daraufhin.

Seine Mutter schüttelte den Kopf und freute sich, als Nepo und Aisha das Angebot annahmen, obwohl hoffentlich auch Aisha dasselbe dachte wie er selbst: Dass die zweite Matratze nicht nötig war.

„Magst du eigentlich die Star-Wars-Filme?", fragte Nepos Vater Aisha, während sie auf der Dachterrasse saßen und Pizza aßen.

„Habe nur einen oder zwei gesehen", sagte sie.

„Ohhhh", sagte sein Vater und schaute sie an, als hätte sie ihm gesagt, sie habe die Namen Donald Trump und Vladimir Putin noch nie gehört.

„Schlimm?", fragte sie.

„Ja, schlimm", sagte sein Vater, während seine Mutter mit den Augen rollte.

„Er meint es nicht so", sagte Nepo, der nicht wusste, ob er das Verhalten seines Vaters eher peinlich oder lustig finden sollte.

„Doch, ich meine es so. Welche Filme hast du denn gesehen?"

„Keine Ahnung, den mit diesem kleinen Jungen, da war so eine Rennfahrt in der Wüste."

Oh nein, dachte Nepo, der wusste, was jetzt kam.

„Episode eins? Ganz schlecht. Nepo, dann zeig ihr heute mal Episode vier und fünf. Der fünfte Star-Wars-Film, also *The Empire strikes back*, ist der beste Star-Wars-Film und einer der besten Filme überhaupt."

Seine Mutter stöhnte theatralisch und sagte:

„Sollten sie nicht auch sechs, sieben und acht gucken?"

„Ja, vielleicht auch sechs. Das ist die Urtrilogie. Aber wenn ihr noch Zeit habt: Sieben ist erstaunlich gut! Nicht wahr, Nepo?"

„Ja, Papa."

„Amen", sagte seine Mutter, und alle lachten.

Eigentlich fand er ja, dass man in seinem Alter aus Prinzip ein bisschen genervt sein sollte von seinen Eltern. Aber er war es einfach nicht. Sie machten es nicht nur ihm leicht, sondern auch Aisha.

„Okay … also immerhin bin ich neugierig geworden. Aber zuerst machen wir einen Spaziergang", sagte Aisha zu Nepo und ergänzte: „Natürlich nur, wenn du Lust hast."

Das hatte er! Spazierengehen … das könnte sein neues Hobby werden. Nepo und Aisha gingen am Fähranleger und den kleinen Segelhäfen vorbei zu den Felsen, hinter denen der Blick aufs offene Meer lediglich durch einige vorgelagerte, kleine Inseln eingeschränkt wurde.

Sie kletterten über die Felsen, setzten sich auf einen flachen Stein und sahen eine der vermutlich letzten Fähren in Richtung Schärengarten auslaufen, während die Sonne sehr tief stand und bald verschwinden würde. Sie waren nicht das einzige Paar, das sich entschieden hatte, den Abend hier ausklingen zu lassen. Aber voll wie an einem Sommertag, wo man praktisch keinen Platz fand, war es nicht.

„Deine Eltern sind ja voll nett", sagte Aisha.

„Ja, ich bin ganz erstaunt", sagte Nepo.

„Echt?"

„Nee, eigentlich sind sie wirklich okay."

Nach einer kurzen Pause fragte er:

„Bist du eigentlich entsetzt?"

„Wovon?"

„Von dem riesigen Haus. Von den fetten Autos, die in der Garage stehen und die du deshalb nicht gesehen hast. Von der Dachterrasse und dem Swimmingpool. Von dem Salon."

Aisha überlegte. Dann sagte sie:

„Nein, deine Eltern verdienen das viele Geld ja nicht, indem sie Drogen verkaufen, oder?"

„Ich glaube nicht."

Sie lachten.

„Aber keine Sorge. Ich bleibe jetzt nicht nur wegen des Swimmingpools mit dir zusammen."

„Ich hoffe, du verlässt mich auch nicht wegen des Swimmingpools."

„Nein!"

Inzwischen war die Sonne untergegangen und hatte den Himmel rot gefärbt. Bis es ganz dunkel wurde, dauerte es noch. Dennoch schlug Nepo vor, zurückzugehen. Bevor sie am Haus waren, fuhr eine Tram an ihnen vorbei. Auf der Fensterseite in ihre Richtung saßen zwei Jungs in roten Pullovern. Jetzt guckte einer von ihnen, und er guckte Nepo an. Er fixierte ihn geradezu.

Nepo erkannte sofort das Gesicht des Jungen, dem er den Spitznamen Babyface gegeben und den er Stunden zuvor im Haga-Viertel gesehen hatte.

WAR es Zufall gewesen? Nein, das schloss Nepo aus. Ein Biskopsgårdener Bandenmitglied ist doch nicht zufällig in Saltholmen, wenn dort die Schwester des Todfeindes bei ihrem Freund übernachtet. Vor allem dann nicht, wenn dasselbe Bandenmitglied den Freund wenige Stunden zuvor gesehen haben könnte. Ja ... plötzlich war sich Nepo sicher, dass Babyface und sein Kumpel ihn im Haga-Viertel beobachtet und dann verfolgt hatten.

Würde er jetzt die anderen benachrichtigen? Wahrscheinlich. Und was würde dann geschehen? Würden sie nachts Steine ins Fenster werfen? Als Warnung? Eher nicht. Denn Babyface hatte bestimmt erzählt, dass das Haus kameraüberwacht war. Sollte er Aisha davon erzählen? Er schaute sie an, und sie lächelte und sah glücklich aus. Obwohl Abdi am selben Tag in eine Schießerei verwickelt gewesen war. Trotz des Kopfgelds, das eigentlich ein Todesurteil war.

„Alles gut?", fragte Aisha.

„Ja, alles gut."

Als sie aufs Haus zugingen, schaute er sich mehrmals um. Sie wohnten an einer geraden Straße, an der Einfamilienhäuser standen. Man konnte sich nirgendwo verstecken und das Haus heimlich beobachten. Und Roller oder Mopeds würde man von weitem sehen, und die Tram war gerade an ihnen vorbeigefahren. Sicherer als sie konnte man praktisch nicht wohnen. Aisha lachte und fragte:

„Warst du zu viel mit meinem Bruder unterwegs?"

„Nein, aber man kann nie vorsichtig genug sein, und Abdi hat ja gesagt, dass wir vorsichtig sein sollen."

„Stimmt."

Dann waren sie wieder im Haus. Seine Eltern waren tatsächlich bereits in ihrem Schlafzimmer, obwohl es gerade erst halb zehn war. Sie taten anscheinend alles, um das junge Liebesglück nicht zu stören – so hätte es vermutlich sein Vater ausgedrückt.

„Dann gucken wir gleich Star Wars?"

„Ja, aber erst mal muss ich aufs Klo", sagte Nepo.

„Ich auch."

Sie gingen in sein Zimmer, und Aisha war erneut fasziniert davon, dass er ein eigenes Klo und eine eigene Dusche hatte. Bevor sie Star Wars schauten, schliefen sie miteinander, und es war wieder so aufregend und wunderbar wie beim ersten Mal.

Auf dem Sofa unter der Decke liegend fest aneinandergekuschelt schauten sie Episode vier und fünf, aßen dabei Chips und tranken Sekt – es war das erste Mal, dass Aisha Alkohol trank, und leicht beschwipst fand er sie noch süßer, obwohl das doch eigentlich gar nicht möglich war.

„Und? Wie hast du die Filme gefunden?"

„Wirklich gut. Vor allem Leia und Yoda mag ich. Aber was passiert denn nun mit Han Solo?"

Eine berechtigte Frage, nachdem er am Ende von Episode fünf in Karbonit eingefroren und dem krötenartigen Gangsterboss Jabba the Hutt ausgeliefert worden war. Also schauten sie tatsächlich noch, wie Han Solo in *Return of the Jedi* befreit wurde, aber letztendlich fand Aisha die Szenen mit den pelzigen Ewoks auf dem Waldmond Endor am besten. Im Bett liegend schliefen sie ein weiteres Mal miteinander und unterhielten sich, bis ihnen die Augen zufielen – die zweite Matratze brauchten sie nicht. Es war neun Uhr, als sein Handy vibrierte. Ken.

Kann nicht mit zum Bouldern kommen,
freue mich, Aisha ein anderes Mal
kennenzulernen. Sorry.

Nepo glaubte zu wissen, warum Ken abgesagt hatte und mit Sicherheit auch nicht auf die Party gehen würde. Ob er sich jemals wieder Drogen besorgen würde? Oder hatte er die Schnauze voll davon?

Wieder vibrierte sein Handy. Louis.

Hi, sorry, wir kommen auch nicht.
Ajala hat Bauchschmerzen.

Und:

Hallo Aisha. Wir würden gern mit
dir und Nepo mal Bowlen gehen.
Vielleicht nächsten Freitag nach
der Schule?

Eigentlich passten Nepo die Absagen. Er wollte den Tag lieber mit Aisha allein verbringen, und um zur Boulderhalle zu kommen, hätten sie erst in die Stadt fahren müssen. Darüber hinaus freute er sich aufs Bowlen, und er sah Aisha an, dass sie so dachte wie er. Nachdem sich Nepo und Aisha angezogen hatten, fragte Nepo:

„Was willst du frühstücken? Toast mit Nutella, oder wollen wir Pizza essen? Es ist noch eine da."

„Pizza? Zum Frühstück?"

„Warum denn nicht?"

„Ja ... warum eigentlich nicht?"

Also aßen sie die in der Mikrowelle aufgewärmte Pizza und tranken dazu Kaffee, und als Aisha eine Fähre auslaufen sah, sagte sie:

„Irgendwann will ich auch mal auf eine Schäre."

Nepo schaute aufs Handy. Die Wetter-App kündigte für den späten Nachmittag ein Gewitter an. Aber bis dahin wären sie längst wieder zurück.

„Warum nicht jetzt?", fragte Nepo.

„Genau, warum nicht jetzt?"

Auch das liebte Nepo an Aisha. Er hatte den Eindruck, dass man mit ihr selten über etwas diskutieren musste. Sie ließ sich spontan auf was auch immer ein, und wenn er ihr vorschlagen sollte, auf einer Schäre heimlich zu zelten, würde sie wahrscheinlich auch sofort ja sagen. Sie packten schnell zusammen – Picknickdecken, zwei Dosen Cola, eine Tüte Chips und zwei Äpfel –, und dann gingen sie los. Nepo, der sich über ein Pink-Floyd-T-Shirt einen Star-Wars-Kapuzenpulli angezogen hatte, nahm sich vor, die erstbeste Fähre zu nehmen. Denn alle Schären waren auf ihre eigene Weise schön.

Es war kurz nach zehn, als sie aufbrachen. Die Harkimis waren bestimmt noch nicht unterwegs. Dennoch schaute Nepo sich auf dem Weg zum Fähranleger in einer Tour um, worüber Aisha lachen musste, und auch auf der Fähre guckte er jeden einzelnen männlichen Fahrgast an: Da waren aber abgesehen von einer arabischen Familie, dem arabisch aussehenden Fahrkartenkontrolleur, der den QR-Code des Tickets auf Nepos Handy kontrolliert und gesagt hatte, dass er Star Wars cool finde, nur weiße Schweden und westeuropäisch aussehende Touristen.

Sie setzten sich an Deck und ließen sich zwanzig Minuten lang Arm in Arm den Fahrtwind ins Gesicht blasen und von der Sonne wärmen – es fühlte sich schon jetzt an wie ihr erster gemeinsamer Urlaub.

Als sie am Hauptfähranleger der Schäre Brännö die Fähre verließen, empfahl der Kontrolleur einen Besuch der Schäre Galterö und erklärte, dass diese etwas kleinere Insel mit Brännö durch eine Fußgängerbrücke verbunden sei. Da sei es besonders einsam, sagte er und zwinkerte ihnen zu, als wüsste er ganz genau, wie verliebt sie ineinander waren. Und Schafe gebe es dort auch, ergänzte er.

Da niemand der Harkimis auf dem Schiff gewesen war, beschloss Nepo, sich nur noch auf den vor ihnen liegenden Tag zu freuen.

ANSTATT den direkten Weg nach Galterö zu nehmen und ungefähr eine Stunde später dort zu sein, gingen sie, nachdem sie den putzigen Hauptort mit seinen vielen roten Bullerbü-Holzhäusern hinter sich gelassen hatten, über Stege erst ein Stück an der Küste entlang, dann kämpften sie sich querfeldein durch die wilde, urwüchsige Landschaft, die auf Nepo wirkte, als hätte sie schon vor tausend Jahren so ausgesehen.

Manchmal mussten sie hintereinander gehen, weil der Trampelpfad so schmal war und auf der einen Seite Dornenbüsche wuchsen und auf der anderen Felsenwände steil und mehrere Meter hoch aufragten. An den schwierigen Stellen zogen sie einander hoch, und Nepo konnte sich nicht vorstellen, mit Aisha jemals unglücklich zu sein.

Ob man so nur als Siebzehnjähriger dachte, wusste er nicht, aber das war ihm herzlich egal. Er genoss dieses Glücksgefühl, das ihn durchströmte, obwohl seine und vor allem Aishas Welt total aus den Fugen geraten und objektiv gefährlich geworden war. Es war schon verrückt, aber es war ihm und offenbar auch einer dauerstrahlenden Aisha gelungen, den Hebel auf „Urlaub" umzuschalten. Plötzlich standen sie auf Klippen, von denen sie eine grandiose Aussicht auf Galterö hatten – hier picknickten sie. Auf Galterö gab es kaum Bäume, weshalb man diese etwas kleinere Schäre auch für einen gigantischen Asteroiden hätte halten können. Um nicht über Abdi und die Harkimis reden zu müssen, sprachen sie über ihre Zukunftsvorstellungen.

Aisha wollte Abitur machen, Medizin studieren, Kinderärztin werden, eine eigene Praxis in Göteborgs Innenstadt haben und dort auch wohnen. Sie wollte heiraten und nur zwei und nicht fünf Kinder wie ihre

Mutter haben. Sobald sie es sich leisten konnte, wollte sie reisen. Nach Paris und London, und einmal in ihrem Leben wollte sie einen Palmenstrand sehen.

„Wirst du denn mich heiraten?", fragte Nepo und wusste, wie entsetzlich kitschig seine Frage klang.

„Fragst du mich das in fünf Jahren noch mal?", sagte sie mit einem Tonfall, als würde sie erwarten, dass er sie in fünf Jahren wirklich erneut fragte.

Es war alles zu schön, um wahr zu sein.

„Abgemacht!"

„Jetzt du!"

Nepo hatte keine Ahnung, was er nach der Schule machen wollte. Vielleicht eine Weltreise. Und kaum hatte er das gesagt, entschuldigte er sich, weil er im Gegensatz zu Aisha ja wirklich um die Welt reisen könnte – ihr würde dafür das Geld fehlen. Oder sie müsste es sich von Abdi „leihen". Wollte er heiraten? Das wusste er nicht. Aber wenn … dann natürlich Aisha! Aisha lachte und sagte:

„Dann streng dich mal an!"

„Das werde ich. Wollen wir eigentlich noch auf die Insel?", fragte er und zeigte auf Galterö.

„Ja, unbedingt!"

Sie kletterten bis zum Weg hinunter, der vom Inselhauptort direkt nach Galterö geführt hätte. Nun standen sie an der Minibrücke, die Brännö mit Galterö verband.

„Da sind sie ja!", rief jemand.

Nepo hatte den Eindruck, sein Herz hätte zu schlagen aufgehört.

Langsam drehten er und Aisha sich um.

Das … war nicht möglich: Die Harkimis hatten sie gefunden!

Jetzt schlug sein Herz plötzlich viel zu schnell. Als wollte es davonlaufen.

Die drei Brüder, der Freund von Babyface und drei andere Jugendliche beziehungsweise junge Männer zwischen vermutlich siebzehn und zwanzig standen jetzt genau vor ihnen. Nicht in ihren roten Kapuzenpullovern. Sondern in Fußballtrikots, Armani-T-Shirts oder T-Shirts von anderen Marken, die Nepo nicht kannte. Sie trugen Sonnenbrillen, Cappys, Shorts und Sneakers und wirkten gut gelaunt wie auf einem Sonntagsausflug. Zwei, darunter Babyface, hatten einen Rucksack auf.

Wer hatte ihnen gesagt, dass sie hier waren? Waren sie doch beobachtet worden?

Aishas Hand krallte sich derart fest in seine, dass Nepo fast aufgeschrien hätte. Wahrscheinlich schrie er nur deshalb nicht, weil ein Gedanke deutlich schmerzhafter war.

Und zwar der Gedanke daran, dass Nepo kein Mädchen war.

NEPO und Aisha ließen sich nicht los, als sie mehr oder weniger umzingelt von den Harkimis zunächst einem Wanderweg folgten. Auf Galterö gab es kaum mehr Büsche, Bäume oder sonstige Pflanzen – das Meer sah man auf dieser Insel deshalb von überall. Es war eine raue, menschenleere Felsenlandschaft, fast so, als wäre man auf einem anderen Planeten, den es noch zu besiedeln galt.

Sie waren keine hundert Meter gegangen, als sie den vermutlich einzigen Wanderweg verließen und über die Felsen in Richtung Küste kletterten. Wohin sie gingen, wusste Nepo nicht, aber einen Spaziergang machten sie bestimmt nicht, obwohl es zunächst so wirkte. Denn Mouhammed fragte Nepo mit dem natürlichsten Tonfall, ob er sich eigentlich für Fußball interessiere. Dabei lächelte er so herzlich, als würden sie sich schon ewig kennen und immer gut verstanden haben. Nepo schüttelte den Kopf. Ob es ihm egal sei, dass Bayern immer Meister werde, fragte Mouhammed. Nepo nickte. Er interessiere sich ja mehr für die englische Liga, erzählte Mouhammed. Wie Abdi, ergänzte er. Die sei viel spannender, weil da ja nicht jedes Jahr dieselbe Mannschaft gewinne. Am liebsten hätte Nepo irgendetwas gesagt. So nach dem Motto: Jemandem, mit dem man sich über Fußball unterhält, tut man ja vielleicht nichts. Aber er konnte nicht. Sein ganzer Körper – auch seine Zunge – fühlte sich taub an. Seine Beine bewegten sich zwar, aber er spürte sie nicht. Noch nie war er von einer solch panikartigen Angst ergriffen worden. Im Vergleich zu dem, was gerade geschah, war die Verfolgungsjagd in Biskopsgården, als er vor allem nach den vermeintlichen Todesschüssen auf Abdi ebenfalls Angst … und zwar brutale Angst ... gehabt hatte, harmlos gewesen.

Aisha, die die ganze Zeit nur zu Boden geschaut hatte und die Nepos Hand noch immer fest drückte, war offensichtlich ebenfalls nicht in der Lage, irgendetwas zu sagen. Mit Sicherheit hatte auch sie Angst, obwohl sie wusste, dass die Harkimis ihr nichts tun würden.

Ali schaute sich um, als suchte er eine perfekte Stelle für das, was sie mit ihm vorhatten. Plötzlich lachte er und zeigte auf eine Schlucht mit einer kleinen Wiese zwischen den Felswänden. Von dort aus würde man sie nur vom Meer aus sehen können. Oder wenn man wie sie den Wanderweg verlassen würde. Er sprach kurz mit zwei Harkimis, die nickten und dann auf den höchsten Felsen in unmittelbarer Umgebung kletterten. Dort hielten sie wahrscheinlich Wache, um Ali und die anderen rechtzeitig warnen zu können, falls jemand kam.

Auf der von Felsenwänden umringten Wiese blieben sie stehen. Aisha und Nepo standen mit dem Rücken zur einen, die Harkimis in wenigen Metern Entfernung mit dem Rücken zur gegenüberliegenden Wand. Es war, als würden sie sich versammeln, um was auch immer zu besprechen. Oder als würde jetzt der gemütliche Teil beginnen, ein schönes Picknick zum Beispiel. Die ganze Situation – diese traumhaft schöne Insel, der Blick aufs Meer, die Sonne – wirkte vollkommen unwirklich auf Nepo. Das Einzige, was passte, war die dunkle Wolkenwand, die sich in ihre Richtung schob. Bald würde es zu regnen, wahrscheinlich sogar zu gewittern beginnen. Ali begann zu sprechen:

„Aisha, du kennst uns. Wir tun Frauen nichts, unsere Mütter und Schwestern sind uns heilig, und ob du es glaubst oder nicht: Auch die somalischen Mütter und Schwestern sind uns heilig."

Die Harkimis lachten, während Nepos Beine zu zittern begannen. Nepo hatte keine Ahnung, *was* sie mit ihm machen würden. Aber er wusste, *dass* sie etwas mit ihm machen würden …

Zwei Harkimis gingen nun auf ihn zu und packten jeweils einen seiner Arme, wofür Aisha ihn loslassen musste. Sie wehrte sich nicht, sie schrie nicht, aber Tränen liefen ihr über die Wangen. Zu Aisha sagte Ali:

„Ruf Abdi an. Er soll spätestens in drei Stunden hier sein. Wir können ihn an der Brücke zwischen den Inseln abholen."

Aisha schüttelte den Kopf, und Nepo verstand sie. Ihn selbst würden sie wahrscheinlich nicht umbringen. Aber die Chance, dass Abdi diesen Tag überleben würde, sollte er kommen, war gleich null. Dennoch dachte er inzwischen nur noch an sich selbst: Er hatte gehofft, dass sie ihn anrufen würde. Er hätte sie sogar angefleht, es zu tun, was er nie für möglich gehalten hätte. Aber die Angst vor dem, was jetzt geschehen würde, betäubte alle anderen Gefühle. War er plötzlich etwa nicht mehr der mutige Junge, sondern ein feiger Kerl?

„Na dann mal los, du hast vollkommen freie Hand", sagte er zu Babyface, und Babyface, der sich jetzt auf Nepo zubewegte, lächelte.

Als Aisha zu schreien begann, hielt Mouhammed ihr den Mund zu. Sie wollte ihren Kopf wegdrehen, aber Mouhammed ließ das nicht zu.

„Du guckst deinen Freund brav an!", sagte er, und er klang so, als würde er ihr andernfalls die Augenlider abschneiden.

Babyface holte aus seinem Rucksack ein Klebeband und klebte Nepo den Mund zu.

„Sonst hören dich deine Eltern in Saltholmen."

„Aisha?", fragte Ali.

Sie schüttelte mit weit aufgerissenen Augen den Kopf, die Tränen liefen weiterhin ihre Wangen herab.

Jetzt schlug Babyface ihm in den Magen. Immerhin erst mal nur das. Durchs Klettern hatte Nepo eine solide Bauchmuskulatur, doch nach dem vierten Schlag auf dieselbe Stelle wäre er zusammengeklappt, hätten ihn die Jungs nicht gehalten. Und wieder schlug Faris zu. Und immer wieder. Es fühlte sich an, als wären seine Bauchmuskeln inzwischen gerissen. Und es war, wie er wusste, erst der Anfang.

Plötzlich schrie jemand, und alle drehten sich in die Richtung, aus der der Schrei gekommen war. Mouhammed hatte geschrien, denn Aisha hatte ihm in den Finger gebissen. Ali grinste, und auch Mouhammed schien Aisha nicht wirklich böse zu sein

„Hört auf", schrie sie.

„Natürlich hören wir auf. Wir haben gegen deinen Freund doch gar nichts. Und ehrlich gesagt, der war ganz schön mutig, als er uns erzählt hat, dass er Nachhilfelehrer ist. Rufst du dann jetzt bitte Abdi an."

„Nein", sagte sie und begann schluchzend zu weinen, nachdem ihr vorher die Tränen nur die Wange heruntergelaufen waren.

„Okay, wie du willst", sagte Ali.

Nachdem Faris auch Aisha den Mund zugeklebt hatte, sagte er zu seinen Brüdern und den anderen mit durchaus anerkennendem Tonfall:

„Der Junge ist kein Weichei."

„Ich hoffe, du hast noch eine andere Idee. Umbringen wollen wir ihn ja eigentlich nicht."

Noch nie hatte ein „eigentlich" so hoffnungslos und grausam geklungen.

Faris nickte. Ohne etwas zu sagen, holte er eine leere, längliche Glasflasche, in der irgendwann mal ein halber Liter Cola gewesen war, aus seinem Rucksack und schaute sie eine Weile an. Dann sagte er:

„Ich habe sogar eine Idee, wie wir es abkürzen können."

Er schlug an der Felswand, vor der Nepo stand, den Flaschenhals ab. Nepo wusste nicht, in welchem Film er eine solche Szene gesehen hatte, er wusste nur, dass es nicht nur in einem gewesen war, und im Gegensatz zu Faris hatte man in Filmen immer den Flaschenhals als Griff genutzt und das untere Ende abgeschlagen. Aber das spielte keine Rolle, denn das Resultat war dasselbe: Auf diese Art wurde aus einer eher harmlosen Flasche ein Folterinstrument.

Der Rest des Flaschenhalses bestand aus ultrascharfen Zacken, von denen ihm jeder einzelne fürchterliche Schmerzen bereiten könnte. Nepo gelang es kaum, sich vor Angst nicht in die Hose zu machen, und dass er es nicht tat, lag vermutlich an Aisha. Denn würde er sich in die Hose pissen oder schlimmstenfalls scheißen, wäre das mit Sicherheit die ultimative Demütigung, und die wollte er sich und Aisha ersparen, und den Harkimis gönnte er diesen Triumph nicht. Jetzt liefen auch Nepo Tränen die Wangen herab, und wenn man das Pflaster entfernt hätte, hätte man ihn wimmern gehört.

„Okay, dann zieht ihm mal die Hose herunter. Wir schauen, wie tief …"

Nepo hatte das Gefühl, ohnmächtig zu werden. Faris sprach seinen Satz aber nicht mal zu Ende, denn Aisha nickte, woraufhin Mouhammed sie losließ.

„Seinen Arsch mag sie", sagte einer der Harkimis.

Ali schüttelte den Kopf und warf demjenigen, der das gesagt hatte, einen verächtlichen Blick zu. Warum, verstand Nepo nicht. Aber eigentlich war es ihm auch egal. Genaugenommen war ihm gerade alles ziemlich egal. Hauptsache, Aisha, die sich das Klebeband abgerissen hatte, rief Abdi an und die schlimmsten Minuten seines Lebens würden ein Ende finden.

„Wenn er nicht abnimmt, schick ihm eine Nachricht. Sollte er in einer Viertelstunde nicht zurückrufen, dann machen wir weiter. Und dann filmt einer von uns, was passiert, und du schickst ihm anschließend das Video", sagte Ali zu Aisha.

Nepo wollte ihr etwas sagen, aber wegen des Klebebands ging das nicht. Allerdings hätte er nicht mal genau gewusst, was er ihr hätte sagen wollen. Dass sie Abdi nicht anrufen sollte, weil die Harkimis ihn umbringen würden? Nein. Wahrscheinlich hatte er zum ersten Mal in seinem Leben ein Gespür dafür bekommen, wie sehr er an seinem eigenen Leben hing. Und dass er nicht bereit war, es für den großen Bruder seiner Freundin zu opfern, obwohl er ihm vielleicht einmal das Leben gerettet hat.

Aisha rief Abdi an, aber Abdi nahm nicht ab. Sie rief ihn erneut an. Nichts. Sie schickte ihm eine Sprachnachricht auf Schwedisch. Es gehe um Leben oder Tod, sagte sie. Und dass er dringend und sofort zurückrufen müsse. Dann warteten sie, doch bevor das Warten unerträglich werden konnte, vibrierte Aishas Handy.

Nicht Ali, sondern Mouhammed ließ sich das Handy geben. Das Gespräch dauerte nicht lange.

„Abdi kommt zur Brücke. Er sagt, dass er in zweieinhalb Stunden da ist und dann Aisha eine Nachricht schickt", sagte Mouhammed, als er wieder bei ihnen stand und Aisha das Handy zurückgab.

Aisha begann zu weinen, und Nepo hatte den Eindruck, zum zweiten Mal geboren worden zu sein. Und dass das so war, lag nicht daran, dass man auch ihm das Klebeband abzog.

Faris klopfte ihm auf die Schulter und sagte, dass er tapfer gewesen sei. Das klang nach Hohn und Spott, aber so wie er ihn dabei anschaute, schien er es ernst zu meinen.

„Wir warten dann hier, ihr beiden dürft miteinander reden, aber benutzt nicht eure Handys. Müssen wir sie einsammeln?"

Nepo und Aisha schüttelten den Kopf, und das schien Ali zu reichen.

„Ihr könnt euch dahinten auf den Stein setzen", sagte er und nickte in Richtung eines Steins, der recht flach und dessen Oberfläche so groß wie eine ausgebreitete Picknickdecke war.

Nepo und Aisha gingen, ohne sich anzugucken, zum Stein.

Ta hand om mamma, hon är världens bästa
Kümmere dich um Mama, sie ist die beste Mama auf der
Welt
Einár (*Lilla Nisse, Kleiner Nils*)

AISHA saß im Schneidersitz auf dem Stein, und Nepo lag auf dem Rücken und hatte seinen Kopf in ihren Schoß gelegt. Sie kraulte ihm die Haare, während er sich den Bauch massierte. Wahrscheinlich würde er einige Tage lang Schmerzen haben, aber er hatte nicht das Gefühl, dass irgendwelche Muskelstränge wirklich gerissen waren.

„Es tut mir so leid. Ich hätte ihn ja sofort anrufen können", sagte Aisha nach einer Weile.

„Tut mir auch alles leid", sagte Nepo.

„Dir muss gar nichts leidtun. Wenn du mich nicht kennengelernt hättest, würdest du jetzt vielleicht gerade mit deinen Freunden bouldern."

Ja, vielleicht. Er schaute Aisha an. Ihre herunterfallenden Haare kitzelten seine Schultern, und das war ein so herrliches Gefühl, dass er einige Sekunden lang sogar den Schmerz vergaß. Eine Träne landete auf seinen Lippen, und als er das Salz schmeckte, wurde ihm klar, wie sehr er mit diesem Mädchen noch immer zusammen sein und auch -bleiben wollte.

„Ich bereue nichts, okay?", sagte er.

Ein Lächeln huschte über ihr Gesicht. Angesichts der Situation, in der sie sich befanden, ein Wunder. Und wieder landete eine Träne auf seinen Lippen, und plötzlich fielen viele Tränen auf sein Gesicht, auf seinen Bauch und auf seine Beine, und er brauchte eine Weile, bis er begriff, dass es zu regnen begonnen hatte.

Dann vibrierte das Handy, und Aisha nickte Ali zu, der wiederum Mouhammed zunickte. Mouhammed machte sich daraufhin erstaunlicherweise allein auf den Weg. Wollte beziehungsweise durfte er mit Abdi zunächst noch über die guten alten Zeiten und über den letzten Spieltag der Premier League sprechen?

„Hast du Angst?", fragte Nepo, der selbst keine Angst mehr hatte.

Vielleicht lag das daran, dass sein Angstspeicher erst wieder gefüllt werden musste. In seinem ganzen Leben zuvor hatte er nicht ansatzweise so viel Angst gehabt wie in der Stunde, bevor Aisha Abdi angerufen hatte. Außerdem glaubte er inzwischen an dieses ganze Gerede von Stolz und Ehre. Wenn Abdi „sich stellen" würde, würde man sie freilassen. Denn letztendlich hatten sie es versprochen, und an ihr Versprechen würden sie sich halten.

Dann war Abdi plötzlich da. Ali lachte. Ja, er lachte!

„Du bist also wirklich gekommen?"

„Ja, ich bin wirklich gekommen."

Aisha richtete sich auf und lief auf Abdi zu, obwohl nur ungefähr zehn Meter zwischen ihnen lagen, und fiel ihm in die Arme, und so standen sie da im Regen. Aisha hatte ihren Kopf auf Abdis Schulter gelegt und schluchzte, wobei ihr ganzer Körper zitterte. Die Harkimis ließen sie einige Minuten sich in den Armen halten, dann wurden sie getrennt. Aisha musste von zwei Harkimis weggezogen werden, und dabei wimmerte sie.

„Es ist gut so", sagte Abdi zu ihr, und: „Sag Mama, dass sie die beste Mama auf der Welt ist, und kümmere dich um die Drillinge."

Dann drehte er sich zu Nepo:

„Und du, kümmerst du dich um Aisha?"

Nepo nickte – ja, das würde er tun! –, und Abdi nickte ebenfalls.

„Ich verlasse mich auf dich."

Was für Worte.

Nepo hatte auf jeden Fall am Leben bleiben wollen, und er wollte auch, dass Abdi, der in so kurzer Zeit sein Freund geworden war, am Leben blieb. Aber wie konnte man das, was vermutlich geschehen würde, verhindern? Ihm fiel beim besten Willen nichts ein. Und Abdi schien es wirklich „gut so" zu finden. Hatte er ihm nicht selbst gesagt, dass er nicht damit rechnete, fünfundzwanzig zu werden und hatte er nicht sogar mehrfach betont, dass er sich dieses Leben *so* ausgesucht hatte? Und hatte er nicht auch gesagt, dass das Wichtigste für ihn sei, dass seine Schwestern ein besseres Leben führen könnten als er? Sah er dem Tod lächelnd entgegen, weil er wusste, dass seine Schwestern danach vielleicht endgültig nichts mehr mit diesem Krieg zu tun haben würden? Nepo schaute Abdi an, und wieder liefen Nepo Tränen die Wangen herab. Abdi lächelte ihn an. Es war wie ein Lächeln tiefster Verbundenheit.

„Ich weiß, dass sie bei dir in guten Händen ist", sagte er.

Er schien tatsächlich viel von ihm zu erwarten. Aber nicht, dass er in dieser Situation irgendetwas Waghalsiges unternahm, um das zu tun, was eh zum Scheitern verurteilt war.

„Das ist sie", sagte Nepo und wunderte sich darüber, dass seine Stimme laut und deutlich gewesen war.

Wieder lächelte Abdi. Dann drehte er sich zu Ali.

„Kann ich mich auch auf euch verlassen?"

„Ja, das kannst du, und das weißt du."

„Ja. Eigentlich weiß ich das."

„Ihr könnt dann jetzt gehen, Faris und Mouhammed begleiten euch", sagte Ali zu Aisha und Nepo.

„Warum?", fragte Faris.

„Weil du bewiesen hast, dass du ein Mann geworden bist. Und weil Abdi und Mouhammed mal Freunde gewesen sind und Mouhammed deshalb nicht dabei sein soll."

„Genau!", schrie Aisha weinend. „Ihr habt zusammen Fußball gespielt. Zusammen Hausaufgaben gemacht. Zusammen alle Kekse aufgegessen, wenn Mama welche gebacken hat. Und du ..." – sie schaute Ali an – „hast uns oft von der Schule abgeholt."

„Das war mal", sagte Ali.

„Aisha ... Schwester ... die Zeiten haben sich verändert. Es ist alles gut", sagte Abdi zum wiederholten Mal.

„Nichts ist gut! Ihr seid alle wahnsinnig!", schrie Aisha.

„Nimm sie jetzt", sagte Abdi zu Nepo.

„Komm", sagte Nepo daraufhin zu Aisha und legte den Arm um sie.

Sie schüttelte den Arm ab und lief wieder zu Abdi und drückte ihn erneut fest an sich. Er flüsterte ihr etwas ins Ohr. Anschließend drückte er ihr einen Kuss erst auf die Wange und dann auf die Stirn. Die Harkimis und auch Nepo waren zu stillen Beobachtern geworden. Mouhammed wischte sich den Regen aus dem Gesicht. Oder hatten sich vielleicht sogar einige Tränen mit den Tropfen vermischt? Er sah jedenfalls recht mitgenommen aus, und auch Faris wirkte alles andere als glücklich. Aber an ein Happy End glaubte Nepo trotzdem nicht. Abdis Tod war angekündigt worden, und wenn er nicht sterben würde, würde man die Harkimis für schwach halten. Und das ging in dieser Welt nicht. Jetzt stand Aisha wieder bei Nepo. Sie warf Abdi eine Kusshand zu, und Abdi lächelte sie an und nickte dann Nepo zu.

Das war der endgültige Abschied gewesen.

Sie gingen auf direktem Weg wie in Trance zurück zum Fähranleger und sprachen kein Wort. Auf der Fähre wurden Mouhammed und Faris vom arabischen Kontrolleur mit Wangenküssen begrüßt. Vom Kontrolleur, der ihnen gleich zweimal Galterö empfohlen hatte.

Aisha und Nepo ließen sich in die Sitze fallen, Mouhammed und Faris setzten sich hinter sie. Noch immer sprach niemand. Dann begann Mouhammed zu telefonieren, und er sprach Arabisch. Nachdem er das Gespräch beendet hatte, schaute er sich um. Die Bänke vor, hinter und neben ihnen waren leer, so wie die ganze Fähre ziemlich leer war. Wahrscheinlich hatten die meisten Touristen oder Ausflügler wegen des Regens und des angekündigten Gewitters eine Fähre früher genommen. Obwohl sie eh niemand gehört hätte, flüsterte Mouhammed auf Schwedisch:

„Abdi war sehr mutig und tapfer. So wie er es ja immer gewesen war. Er hat uns auch seine Kontakte genannt, nachdem wir versprochen haben, seine Leute fair zu behandeln."

Aisha nickte, weinte aber nicht. Vielleicht, weil sie sich auf Galterö von Abdi bereits verabschiedet hatte. Und vielleicht hatte sie gewusst, dass dieser Tag kommen würde.

„Ihr seid frei. So blöd, die Polizei einzuschalten, werdet ihr ja nicht sein."

Er machte eine kurze Pause. Dann sagte er:

„Ihr dürft sowieso nie über das, was auf der Insel geschehen ist, reden. Nie. Ist das klar?"

Nepo und Aisha nickten.

„Wir werden dafür sorgen, dass man Abdi irgendwann nächste Woche findet."

Warum auch immer. Vielleicht, weil man dann nicht mehr würde nachvollziehen können, wann genau was geschehen war. Aisha zuckte die Achseln. Sie schickte an ihre Mutter und an die Drillinge Inselfotos. Nepo ging davon aus, dass sie ihnen noch ein paar entspannte Tage gönnen wollte, bevor sich ihr Leben auf unbestimmte Zeit verdunkeln würde.

Nepo selbst fühlte sich vollkommen leer. Er war nicht traurig. Nicht glücklich. Nicht mal erleichtert darüber, dass ihm die weitere Folter erspart geblieben war oder darüber, dass sie jetzt wie jedes andere Paar zusammen sein konnten. Sein Handy vibrierte: Sein Vater hatte geschrieben, dass sie nicht vor Mitternacht zu Hause sein würden, was Nepo passte. Dann legte die Fähre an, und an der Tramstation verabschiedeten sich Faris und Mouhammed.

„Sorry", sagte Mouhammed zu Aisha, und Faris klopfte Nepo auf die Schulter, und wieder wirkte es, als sei es respektvoll gemeint.

Als sie zu Hause waren, zogen sie sich aus. Ihre nasse Kleidung kam in die Wäsche und anschließend würde sie in den Trockner kommen. Noch immer sprachen sie nicht miteinander, aber als sie gemeinsam duschten, nahmen sie sich in die Arme und ließen sich lange nicht los.

Nachdem sie sich abgerubbelt hatten und jeder auf Toilette gewesen war, legten sie sich aufs Bett. Nackt. Nepo umarmte Aisha auf der Seite liegend von hinten. Seine Brust presste sich an ihren Rücken, seine Beine waren angewinkelt und drückten sich an ihre ange-winkelten Beine, seine Lenden berührten ihren Po, aber an Sex dachte er trotzdem nicht. Ihre vier Hände waren vor ihren Brüsten fest ineinandergekrallt. Was in den kommenden Tagen, Wochen und Monaten passieren würde, wusste Nepo nicht. Was er aber wusste, war, dass er sich um Aisha kümmern würde. Nicht nur, weil er es Abdi versprochen hatte, sondern weil er es wollte. Sein letzter Gedanke, bevor er einschlief, war:

Dieses Mädchen gebe ich nicht mehr her.

Anmerkungen, Literatur und Tipps

Die Harkimis und Tigers gibt es nicht. Aber es gab und gibt Banden, die durchaus so hätten heißen können. Und es gibt Familienclans, die in gewissen Göteborger Stadtteilen mafiösen, quasi gesamtgesellschaftlichen Einfluss ausüben.

Das Thema Bandenkriminalität war und ist in der schwedischen Medienlandschaft geradezu omnipräsent. Als ich im April 2024 diese Anmerkungen zum ersten Mal verfasste, war gerade ein achtunddreißigjähriger Vater vor den Augen seines zwölfjährigen Sohns in Stockholm erschossen worden. Er soll Mitglieder einer Bande zurechtgewiesen haben.

In meinen Göteborger Jahren habe ich Dutzende Artikel in der Göteborger Lokalzeitung *Göteborgs Posten* zum Thema „gängkriminalitet" gelesen oder Radioreportagen gehört. Abgesehen davon habe ich mein Wissen in folgenden Büchern vertieft:

Arvidson, Emil: *Svensk Gangsterrap* (2023)

Bäckström Lerneby, Johanna: *Familjen* (2020)

Cetin, Evin: *Mitt ibland oss* (2022)

Härnqvist, Jacob: *Gangsterliv* (2020)

Salihu, Diamant: *Tills alla dör* (2021)

Wierup, Lasse: *Gangsterparadiset* (2020)

Und:

Gängsnacket: En guide för föräldrar och andra viktiga vuxna – hierbei handelt es sich um eine Broschüre, die in unserem Lehrerzimmer herumlag und für die Eltern bestimmt war. Damit sie rechtzeitig erkennen, wenn ihre

Kinder auf dem Weg sind, sich einer Bande anzuschließen.

Darüber hinaus hat der schwedische Schriftsteller Jens Lapidus mehrere Romane zum Thema geschrieben, von denen *Snabba Cash* (2006) der erfolgreichste ist – ich habe ihn verschlungen. Die gleichnamige Netflix-Serie empfehle ich ebenfalls.

Hilfreich waren auch zahlreiche Reportagen, die man auf YouTube findet, sobald man den Stadtteil „Biskopsgården" oder „gängkriminalitet i Sverige" in die Suchleiste eingibt. Über Somalia habe ich exakt so recherchiert wie mein Held Nepo. Den Wikipedia-Eintrag, den er liest, habe ich abgerufen, als ich das Kapitel geschrieben habe – also im Winter 23/24. Hier die erwähnten Links zu den Beiträgen:

https://de.wikipedia.org/wiki/Somalia

https://www.youtube.com/watch?v=SR7bBecFQak
(Somalia: The Troubled Story of a Failed State)

https://www.youtube.com/watch?v=4X_v0YDxEqw
(Somaliland: Der Staat, der nicht sein darf | ARTE)

https://www.youtube.com/watch?v=_ch7hYh4BtA
(One DAY as a TOURIST in SOMALIA)

https://www.youtube.com/watch?v=cTqEz84FS0Y
(Bandenkrieg in Schweden eskaliert | ARTE)

Die Texte der Rapper Yaffar Byn und Einár habe ich zum Teil ausgedruckt und übersetzt. Wenn man selbst ein Gefühl für das „andere Schweden" bekommen möchte, hilft deren Musik mit Sicherheit – auch deren Videoclips, die das Gangsterliv auf bedrückende Weise romantisieren. Hier die Links:

https://sv.wikipedia.org/wiki/JB_(rappare)

https://sv.wikipedia.org/wiki/Einár

https://genius.com/artists/Einar (unter anderem die Texte)

https://genius.com/Jb-filterlosa-lyrics (unter anderem die Texte)

https://www.youtube.com/watch?v=n6tXvY79Hfo (*Smutsiga gator*, das erste zitierte Lied.)

https://www.youtube.com/watch?v=5azhPTyilZM (*Lilla Nisse*, das letzte zitierte Lied)

Wer Lust hat, mehr von Arne Saß zu lesen: Der Held des Romans *Papa, hör auf!*, erschienen unter dem Namen Arne Ulbricht, heißt ...

204 Seiten
ISBN-13: 9783734753039
Verlag: Books on Demand
9,99 Euro

... Max. Er ist dreizehn und lebt allein mit seinem Vater. Kann das gut gehen? Na klar! Aber nicht, wenn der Vater einen mysteriösen Nachtjob hat, von dem er eines Tages nicht zurückkehrt.

In diesem Roman geht es um die Beziehung eines Sohns zu seinem Vater, um Kampfsport und um Schule. Aber auch um Drogen, Gewalt und Prostitution.

Und last but not least: um Liebe und Freundschaft!

„Arne Ulbricht schreibt spannend, glaubhaft und lebendig!"
Katharina Rüth in der Westdeutschen Zeitung